KB176548

구덕초의 세상 보기

도서
출판 한행

필자의 부친(법명 : 만허) 1949년 사망

필자의 모친 2013년 사망

어머니와 외할머니, 지인　　　학창시절 수학여행지에서

과천고려인삼시험장에서(1970. 9)

石泉 송병찬(김포 마송에서 1976년)

이민 갈 때 공항에서

일리노이주 그랜빌시 – 인삼농장에서

여동생 결혼식(1976. 4)

조카 유승진

조카 김성용

사위 찰스와

이민생활 중

제임스 강가에서 세 누이동생과
아들 구연식, 딸 구연희

조카사위 별장에서

미국에 사는 조카와 아들 딸(1984. 9)

타지마할 앞에서
누이 구연조, 동생 구옥조

발리 앞에서 방글라데시 친구와

국민학교 동창들과 모교 앞에서(경천초등학교)

고등학교 친구들과

구덕초의 세상 보기

도서
출판 한행

작가의 말

 나는 이 글을 쓰기 위해 공부하지 않았다.

꼭 필요하지 않은 경우를 제외하고는

(별로 알지도 못하지만)어려운 말이나 용어는 피했다.

 가능한 수정도 하지 않았다. 독자께서 수정 또는 가미해서

나와 한마음이 되었으면 한다.

 세상은 저 잘난 맛에 사는 것이다.

무엇을 어떻게 상상하고 생각하는 것은 내 자유다.

 내가 상상한 것을 표현한 것에 대한 평가는 받고 싶지 않다.

다만 공감하는지를 묻고 싶다.

 공감한다면 같이 상상의 날개를 펴고 날아 보았으면

좋겠다.

썩은 냄새 구린 냄새 송장냄새를 풍기는 나이에 좋은 상상

이라도 하자고 이 글을 쓴다. 내가 생각해도 노물이 노망이

들어 노구를 이끌고 노욕을 부리고 있다.

출간을 위해 도움을 주신 일출 선생님께 깊은 감사를

드린다.

임인년 정월 구 덕 조

목 차

[術] 제1부. 미국 이민移民 생활   015

[術] 제2부. 중독자中毒者   027

[術] 제3부. 석가釋迦와 예수를 구하자   047

[術] 제4부. 서기 2000년   057

[術] 제5부. 서기 20000년   085

[術] 서평書評   115

제1부

미국
이민移民 생활

제1부. 미국 이민移民 생활

 이 이야기는 필자가 1984년 미국 버지니아주 리치몬드시에 이민 가서 살면서 실제로 겪었고 느꼈던 바를 적은 글이다.

 한국에서 남부럽지 않게 살다가 남의 말에 속아 잘 나가던 공무원을 그만두고 사업을 한답시고 추석거리다 망해서 아내와 이혼한 후 12살 아들, 9살 딸을 데리고 도망치듯 살길을 찾아 미국으로 갔다.

 인간은 자기가 갖고 있는 자격대로 사는 것이다. 자격이 없는 인간은 아무리 좋은 환경과 여건이 주어져도 인생을 망쳐 버리고, 나쁜 환경과 조건에서도 성실하고 검소하게 살면 나름대로 성공한다.

 모두가 알고 있는 예를 들어 보지.

 부와 명성이 보장된 정치인, 연예인, 사업가 등 유명 인사들이 여자, 도박, 마약 등으로 추락하는 모습은 흔히 볼 수 있으며 정말 안타까운 일이다.

 필자도 좋은 환경과 안정된 직업으로 성실하게 살면서 욕심을 부리지 않았다면 남부러울 것이 없었으나 제 복에 겨워 한번뿐인 인생을 아주 많이 실패했다.

대부분 미국으로 이민 온 사람은 극소수를 제외하고는 조국에서 실패한 인생들이다.

기대와 설렘 두려움으로 시작된 이민 생활은 40여 년간 사용했던 말과 글, 풍습 등 모든 게 익숙한 한국에서의 생활을 벗어난 그 자체부터가 스트레스였다.

말과 글이 확실히 안 통하는 것, 그것만으로도 항상 무엇인가에 억눌려 있는 듯한 답답함이 무겁게 가슴을 짓눌렀다.

생존의 절박함은 대처하는 능력을 키운다. 미국에서 꼭 필요한 것은 운전면허증이다. 면허증을 획득하기 위하여 시험을 봤는데 D.M.V(차량국)에서 처음엔 필기시험에 떨어졌다. D.M.V에서 주는 책자와 사전을 끼고 일주일 밤낮으로 매달렸다.

자신이 생겼다고 생각되어 일어나서 걸음을 옮기다 어지러워 쓰러졌다.

두 번째 시험에서 운전면허증을 취득했다. 이곳 저곳 일자리를 찾아 일을 했다.

미국에서의 한인교회는 한인 이민자에게는 필수다. 쉬는 날 집에 누워 천장만 바라보면 답답하고 숨이 막히고 정신도 이상해지려고 한다. 100% 말이 통하는 한인교회라도 나가 소통하고 편가르고 흉보고 싸워서 스트레스를 풀어야 한다.

특히 보험, 부동산, 식품 등 주로 한인 상대하는 업종은 사업상 교회에 꼭 나간다.

흔히 한국에 사는 한국인과 미국에 사는 한국인은 다르다고 한다. 이민 온 한인은 쌓이는 스트레스와 힘들게 사는 것으로 더 독해진다는 뜻이다.

필자도 항상 느꼈는데 누가 더 독한지 더 싸가지가 없는지 더 모지락스러운지를 경쟁하고 있는 것 같았다.

필자는 이민 생활 내내 종교에 크게 실망했다.

교회 신문을 보니 목사의 수요 공급이 사망, 은퇴 등으로 2,000명이 적정선인데 공급이 매년 오만 명 이상으로 과잉 공급 상태라고 했다.

미국 내에서 우편으로도 신학대학에 등록해 목사가 되는 길도 있었다.

같은 남자가 봐도 잘생긴 목사가 있었다. 잘생긴 부인과 10살짜리 예쁜 딸이 있었는데 나이도 많고 인물도 떨어지는 흑인과 국제 결혼해 아들 셋을 둔 한국 여자와 바람이

났다.

목사도 그만두고 부인과 딸도 버리고 떠났다. 주위 신도들과 지인들이 이해 못해 의아해했고 나는 지금도 이해 못한다.

나의 추측은 수천 수만 명을 상대해 얻은 섹스 기교가 아닌가 추측해 본다.

한 부인이 있었는데 그로서리(식품점 : 주로 흑인 상대)를 운영하다 남편이 총에 맞아 죽었다.

꽤 많은 보험금을 받았다. 16살 10살 딸이 둘 있었는데 목사가 접근해 성전을 짓자 너는 목사 사모님이다 라고 유혹해 그 목사는 사기 친 돈을 도박으로 탕진하고 사라졌다. 16살 먹은 딸은 모든 것을 포기하고 가출하였으며, 10살 된 딸은 아빠가 총 맞아 죽고 받은 돈인데 라며 제 엄마를 원망했다. 이 사건은 여자 셋의 운명을 불행하게 만들었다. 사기 친 목사는 얼마 후 2시간 정도 거리에 있는 지역의 교회 목사로 부임했다.

강신철이라는 목사가 있었다. 성교육 시킨다고 여고생인 신도 자녀들을 데리고 와싱톤 벚꽃놀이 가고 여기저기 돌아

다녔다.

한국 신문에 사기치고 미국으로 도주한 자들의 명단이 나왔는데 강신철은 4억으로 금액 순위 2위였다. 강신철은 어디론가 사라졌다.

증거는 없어도 나는 확신한다. 돈을 떼인 사람은 재벌이나 권력자는 절대 아니다.

LA에선 목사라면 아파트 임대 주기를 회피한다.

이런저런 인연으로 모인 2-30명의 목사들이 미국 전역으로 사돈의 팔촌이라도 끈을 잡아 교회를 세우려고 한집에 모여들기 때문이다.

전화는 한국 미국으로 24시간 사용하고 많은 인원이 북새통을 이룬다.

전화를 많이 사용하면 전화 회사는 일주일이나 이 주일 간격으로 청구서를 보낸다.

두 가정이 다니던 교회가 있었다.

싸우는 바람에 아무도 나오지 않았다. 장로가 사정해 나 혼자 나갔다. 신도는 필자 한 명, 목사를 지지하는 장로 한 명, 두 명 뿐이었다. 그래도 목사는 설교하고 예배했다.

교회 지키려는 노력이 눈물겨웠다. 2-30대 한인 목사를 만나면 타일렀다.

미국은 젊은이에게 기회의 땅이다. 일을 하는 것이 인생을 제대로 사는 것이다. 일반 상식은 법, 성경, 불경보다 우선한다고 생각한다.

피부색에 의한 인종 차별은 의식 속에 항상 있다.

눈에 보이는 것도 있고 보이지 않는 것도 있다.

흑인으로부터 가장 많이 듣는 말은 "너희 나라로 돌아가라"이다.

어쩌다 백인과 단둘이 있게 되면 쳐다보는 눈이 아주 차갑게 느껴진다.

등골이 써늘해진다. 나만 그런가 하고 주위 한인에게 물어보면 칠팔십 프로가 공감한다.

가끔 차갑게 보는 눈을 못 느끼는 황인종이 있으면 나는 정말 부러웠다.

이런 사람을 무엇이라 불러야 하나? 대학 사회학과를 나온 친구와 오랜 토론 끝에 '똥개'라고 부르는 것이 적당하다는 말에 서로 공감했다.

1990년대 초 내가 살던 리치몬드시 인근 뉴폿 뉴스에서 있었던 일이다.

돈 통을 쥔 장로(고바우 한인식품 주인)의 횡포가 목사의 극단적 선택을 불러왔다. 잘못된 믿음은 하나님을 핑계로 인간을 잔인하고 모지락스럽고 싸가지 없고 극단적 이기주의자로 만든다. 미국에서 대부분 한인 장로라 하면 그 지역에서 제일 악질이라는 뜻이다.

목사 나이 54세, 부인 37세, 4살과 7살 딸이 둘 있는데 돈통을 쥔 장로가 생활비를 주지 않고 내쫓으려 했다. 주님의 뜻이라고 핑계를 대면서 고바우 식품(장로 소유)으로 간 목사가 장로를 총으로 쏴 죽이고 식품점에 불 지르고 자살했다. 당시 목사는 살길이 없었다. 하루 24시간 일해도 가족의 생계를 책임지고 먹여 살릴 수 있는 생활이 안 되었다.

필자는 전적으로 장로의 잘못이라 생각했다. 쥐도 나갈 구멍을 보고 쫓아야 하는데 장로는 목사를 최악으로 내몰았다.

내가 다닌 침례교회에서 있었던 일이다.

이 교회 신도는 폴리라는 군부대에 속한 미군들과 국제 결혼을 한 한인 여성이 대부분이었다.

목사 7명이 연달아 신도와 바람피우다 쫓겨났다. 어떤 여성은 목사와 바람피우면 복 받는 줄 착각하고 있었다.

나중에는 나이 많고 부인 있는 목사를 데려 와 안정되었다.

 대부분 미국 한인교회는 신도 30명 정도만 넘으면 분열한다.

 목사를 쫓아내려는 세력과 지지하는 세력이 신기하게도 거의 균형을 이루고 싸운다. 지방 한국 신문(두레)에 이런 것을 사진과 함께 보도한다.

 필자는 영어가 익숙지 못한 세대들이 편 가르기를 하고 서로 싸우면서 스트레스 해소 한다고 생각했다.

 주로 흑인을 상대하는 한인 업소는 강도가 많다. 한인 업주는 가게를 팔 때 강도가 있었다는 것은 불리하기 때문에 신고를 꺼린다. 신고가 없으니 강도에게는 좋은 먹잇감이다.

 한인 업주들은 있는 돈만 털리고 목숨 건지는 것이 최고라는 인식이 깔려있다.

 메릴랜드주 워싱턴 D.C와 버지니아주는 한인들에게는 같은 생활권이다.

한국 신문의 같은 광고를 본다는 뜻이다. 매년 강도의 총에 1-3명의 한인이 희생된다. 그로서리(식품점)를 운영하다 남편이 강도의 총에 맞아 죽었는데 장례를 치르고 부인이 대신 장사했다. 돈이 무엇인지 삶이 무엇인지 회의가 들었다.

고향이 공주라는 목사에게 필자와 동향이므로 반가운 마음에 고향 이야기를 하니 목사가 침묵한다. 옆에 있던 지인이 아무도 모르게 필자의 몸을 찌른다.

나중에 지인이 왜 그렇게 눈치가 없느냐고 필자를 나무랐다.

목사가 고향을 속인 것이다.

필자가 눈으로 확인한 일이다. 필라델피아 다운타운 여러 곳에 한인이 하는 샌드위치 가게가 있는데, 중심에 장로님이 많은 돈을 투자해 샌드위치 가게를 잘 차렸다. 비난이 일자 장로님 말씀이 주님이 나를 이곳에 이끌었다고 당당했다.

뉴저지에서는 한인이 운영하는 네일 싸롱(손톱가게) 세 곳이 한 집도 건너지 않고 나란히 붙어있었다. 서로 치열하게 출혈 경쟁을 한다는 얘기다.

한인회장 선거는 미국인의 눈으로는 도저히 이해를 못한다. 봉사하는 자리로 등 떠밀려 어쩔 수 없이 해야 하는데 치열하게 서로 하겠다고 다툰다. 대단한 감투 욕이다. 만약 예산이 많고 임명권, 인사권, 허가권이 있다면 피를 부르지 않겠는가?

미국에선 반경 2마일(3.2Km)을 같은 상권으로 보는데 한인끼리 경쟁은 너무 서글프다.
식품, 뷰티 서플라이, 식당 등 주로 흑인을 상대하는 업종의 경쟁이 치열하다.
어떤 곳에 한인이 가게를 차려 잘되면 적게는 2곳, 많게는 30곳 이상 같은 업종의 가게를 한인들이 줄줄이 차린다.
어떤 품목은 원가 이하로 경쟁을 하며 한인끼리 핏대를 세운다.
결국은 더불어 망한다. 미국에서 이민자들을 나라 별로 조사 했는데 한국인의 소득이 가장 낮게 나왔다고 한다.

중독자

中毒者

제2부. 중독자中毒者

● 이런 인생들도 있다.

 나는 감히 말하고 싶다. 도박 중독자는 신이 저주한 인생이고 도박을 하지 않는 사람은 신이 축복한 인생이라고.

 이 이야기는 미국의 동부 커네티컽(Connecticut)w주, 뉴욕(New York)주, 뉴지지(New Jersey)주 아틀란틱,(Atlantic)시티를 배경으로 도박이라는 환상에 사로잡혀 방황하는 한인 도박 중독자들에 대한 생생한 이야기를 필자가 아틀란틱시에 생활하면서 직접 체험하고 목격한 내용을 말하고 있다.

 커네티컽주에는 팍스우드, 모이간선 두 곳의 카지노가 있고, 뉴저지 아틀란틱시에는 4km가 조금 넘는 해변의 보드 웍을 따라 힐튼, 트리피카나, 트럼프 플라자, 씨절스, 발리, 와일드 와일드 웨스트, 클라라지, 센스, 리조트, 트럼프 타지마할, 쇼 보트 등 11곳의 카지노가 있고 해변에서 조금 떨어진 곳에 볼가라, 트럼프 마리나, 해라쉬 등 세 곳, 도합 14곳의 카지노가 있으며, 카지노 관련 종사 인원만도 36,000명이 넘는다.

도박 중독자들은 처음 이곳에 이민을 와서 열심히 일해 나름대로 안정된 삶을 영위하다가 어느 날 도박에 손을 대기 시작하면서 인간으로서의 모든 것을 잃고 방황하게 된다. 이런 모습을 보게 되면 필자로선 참으로 안타까운 심정이다.

도박 중독자의 특징은 가지고 있는 돈을 모두 탕진하고 빈털터리가 될 때까지 도박을 계속 한다는 것이다. 또 다른 특징은 도박 자금만 넉넉하다면 항상 이길 수 있다는 착각이다. 이 착각은 죽을 때까지 벗어나지 못한다. 도박을 하다 보면 가끔 크고 작은 돈을 딸 때도 있지만 계속되는 도박으로 며칠을 못 넘기고 결국은 다시 빈털터리가 되고 만다. 모든 것을 잃고 집도 절도 오갈 데도 없는 이들은 카지노 행 버스를 탄다. 버스비 15$를 내고 카지노에 도착하면 카지노에서 현금 20$와 20$짜리 쿠폰을 준다. 이것은 물론 미끼이다. 쿠폰은 같은 금액의 현금과 같이 배팅을 해야 한다. 카지노의 사정에 따라, 계절에 따라 버스비나 현금 쿠폰 제공이 조금씩 다르기는 하나 큰 차이는 없다. 이렇게 움직이는 사람들을 서로를 "버스꾼" 이라 부른다.

버스꾼들 중 버스비가 없을 때는 중국인 차장에게 사정하여 외상으로 버스를 탄다. 그렇게 카지노에 도착하면 바카라게임 테이블에서 버스꾼들이 말하는 소위 매치 플레이를 한다. 뱅커에 현금 20$ + 쿠폰 20$ 합계 40$를 걸고 플레이어에 현금 30$를 동시에 배팅한다. 뱅커가 이기면 커미션 5%를 떼고 8$를 벌고 플레이어가 이기면 수수료가 없으므로 10$를 번다.

버스비에서 이미 5$가 남았으므로 13$이나 15$를 버는 셈이다.

커네티켵 주에 있는 팍스 우드는 버스비 10$를 내고 가면 40$의 쿠폰과 12$짜리 식권을 포함 52$의 쿠폰을 준다. 12$짜리 식권은 10$로 계산해서 배팅도 가능하다. 가진 돈이 50불만 있으면 팍스 우드에 가서 배팅을 한다. 쿠폰 5장이 다 맞으면 버스비 10$를 빼고 40불을 딴다.

카지노에서 돌아올 때는 차장에게 1$의 팁을 주고 뉴욕에서 먹을 것을 사 먹어야 하므로 한번 다녀오면 평균 10$가 남으며, 보통 아침과 저녁 하루 2회 왕복하므로 하루 20$ 정도 번다고 보면 된다. 점심은 주로 미국인 교회에서 운영하는 무료급식소를 이용한다.

뉴욕에서 커네티컽 또는 아플란틱 시티까지는 버스로 2시간 30분이 소요되는데 하루 두 번 왕복하므로 총 10시간 버스를 타는 셈이다. 그래서 잠을 버스 안에서 해결한다.

그리고 먹는 것은 주로 뉴욕의 중국인 식당에서 2$짜리(둘이 먹을 만큼의 양으로 밥에 고기 소스를 덮어 줌)로 해결한다. 일주일에 100$ 정도 모이면 본격 노름을 하게 되고 이를 다 잃으면 다시 '버스꾼'이 되는 것이다.

가끔 겨울에 눈이 많이 와서 카지노 행 버스가 중단되면 버스꾼들은 지하철을 타고 왔다 갔다 하면서 버스가 다시 운행될 때까지 시간을 때운다. 참고로 지하철 요금은 2$이다.

카지노 안에는 3종류의 한인 도박꾼이 있는데 이들은 앞전, 옆전, 뒷전이다. 앞전은 자기 돈으로 게임을 하는 사람, 옆전은 앞전과 친한 사람으로 앞전 옆에 앉아서 게임을 기록해 주면서 다음 게임의 승패 예상, 배팅 금액의 충고도 해 주는 사람이다. 그리고 뒷전은 앞전의 뒤에 서서 앞전이 이기기를 간절히 바라며 응원해 주는 사람이다. 자기가 응원해 주는 사람이 이겨야 개평이라도 있기 때문이다. 앞전이 이기면 옆전 3, 뒷전 1의 비율로 개평이 있다.

이 세 종류의 사람들은 언제라도 서로의 위치가 바뀔 수 있으며 순전히 뒷전만 하는 사람도 적지 않다. 아틀란틱 시티의 카지노의 경우, 지금은 많이 줄었지만 전성기 때는 300명이 넘기도 하였다.

대타라는 것도 있다. 이는 카지노에 온 순진한 한인을 대상으로 대신 도박을 해 주는 사람이다. 밑천도 안 들고 이것만큼 좋은 장사가 없다. 저도 본전이요 이기면 이익이 있기 때문이다. 어느 목사는 100배로 이길 수 있다고 뻥을 치며 봉을 찾는다. 뒷전들은 그를 양아치 목사라 부른다. 한인들은 같은 '버스꾼'끼리도 서로 야박하고 인색하다.
불쌍한 처지끼리 작은 것이라도 서로 돕고 마음으로라도 위로해야 할 텐데 각자의 이익만 생각하니 참 야박하다.

패륜 범죄의 80%가 도박 때문이라는 신문 기사를 보았다. 도박은 인간성을 상실케 한다. 평소에 오랜 도박중독 자들과 일상적인 대화를 해 보면 그들은 대화가 되지 않을 정도로 엉뚱한 반응을 보이는 특징을 가지고 있다. 그들은 마치 집과 정신병원의 중간에 있는 것으로 보인다. 세상 어느 일에도 관심이나 흥미가 없고 모든 생각이 오로지 도박에만 집중되어 있다. 돈이 없어도, 피곤하거나 배가 고

파도 남이 하는 도박을 뒤에서 구경이라도 해야 한다

어느 늙은 도박 중독자가 있었는데 그가 너무 불상하고 딱하여 아는 사람이 그의 가족에게 연락 했더니 반응이 냉랭하더란다. 그의 부인이나 자식이 말하길 그 인간이 죽지 않고 아직도 살아 있느냐 반문하는 식이란다.

가족들도 포기한 것이다.

많은 도박 중독자들은 운전면허증을 가지고 있지 않다. 만료일이 지났는데도 이를 갱신하지 않았기 때문이다.

이를 갱신하기 위해서는 운전면허 발급소에 가서 20~30$의 수수료를 내야 하는데 그럴 돈이 없다.

이들은 생각이 도박자금 이외 다른 곳에는 쓸 돈이 없다고 생각한다. 그리고 대부분 금연도 하는데 그 이유 역시 도박 말고 담배를 사는데 돈 쓰기가 아깝기 때문이다. 아마도 정신병 전문가가 이를 연구한다면 새로운 정신병 병명을 마련해야 하지 않을까 하는 생각이 든다.

도박, 게임 중독자는 기나긴 세월 동안 많은 돈을 잃었지만 그들 나름대로 큰돈을 이겼던 한 번의 기억을 늘 남들에게 이야기하고 이를 평생 잊지 못한다. 이것이 그들을 도박에 집착하게 하는 가장 큰 요인이라고 생각한다. 특히 처음 도박에 크게 이기는 경험을 했다면 그가 도박 중독자가 되는 길에 한 발자국 더 가까워진 것이다.

 도박 중독자들은 도박 자금을 마련하기 위해 거짓말 하는 것은 기본이고, 누구의 어떤 돈이든 그 것을 취할 수만 있다면 야비하고 비굴한 행동이라도 서슴치않고 한다. 먹는 것도 아끼고 지독한 구두쇠가 되어 억척스럽게 돈을 모으려 한다. 그렇게 해서 모아진 돈은 결국 카지노에 가져다 바치게 된다.

 카지노 노름에 방황하는 한인끼리는 이름도 쓰지만 별명으로도 통한다. 별명이 있는 사람은 오히려 그의 이름은 모른다. 거머리, 코털 전, 구루마 한, 마파 김, 강 형사, 저팔계, 까까, 야채 리, 족제비, 빨치산, 이빨, 하마 송, 살살이, 사무라이, 발바리, 머저리, 안경 장, 동두천, 엘에이 송, 구장노 등이다. 이 별명의 사람들 중에는 이미 직고한 분도 계시다. 그분이 살아 계실 적의 행적이 한인 노름꾼들에 의해 지금도 회자되고 있다.
 특별한 경우인데 부부가 뒷전만 하고 절대 노름은 하지 않았다고 한다.
 한식을 좋아하는 한인 노름꾼들을 위해 부인이 만들어 준

음식을 들고 와 뒷전만 하면서 이의 수익금으로 자식들 공부시키고 넉넉하게 살았다고 한다. 그 분만의 특별한 노하우가 있었다고 짐작이 된다.

 도박 중독자들의 종교적인 믿음도 대단히 잘못되어 있다. 어느 신도는 하나님이 나를 이곳으로 인도 했으니 언제라도 하나님이 나보고 카지노를 떠나라고 하면 떠나겠다고 말을 한다. 그는 언젠가는 하나님이 나를 크게 쓰시려고 큰돈을 주실 것이라고 믿고 있다.
 또 어느 중독자는 제법 큰돈을 따서 교회에 십일조 헌금을 내었으니 믿음이 좋다고 하는데 이는 잘못된 헌금이다. 아들이 노름으로 돈을 땄다고 아버지께 드렸을 경우 정상적인 아버지라면 이를 좋다고 하겠는가? 상식이 있는 아버지라면 괴로울 것이다.
 어느 중독자는 카지노 안의 식당 빈 테이블에 앉아 찬송가를 펼쳐 놓고 조용히 찬송가를 부르는데 어떻게 해석해야 할지 나도 모르겠다. 예수의 부활을 빼면 성경 말씀은 일반 상식과 비슷하다고 본다. 하나님은 인간이 성실하고 건전하게 사는 것을 원하지 절대로 카지노에 인도하지는 않는다. 중독자가 하나님의 뜻을 어기고 카지노에 온 것이다.

하나님은 결코 도박으로 큰돈을 주시지는 않는다. 소설, 드라마에서나 나옴직한 카지노에서의 큰돈 따기는 하나님의 뜻이 아닐 것이다. 중독자는 엉뚱하게도 이를 자기 위주로, 자기 편의대로 하나님을 잘 못 믿고 있는 것이다.

교회와 카지노의 공통점에 대하여 적어본다.

첫째, 생산성이 없다.

둘째, 중독성이 있다. 올바르게 하나님께 중독되면 축복이지만 도박 중독은 파멸이다.

셋째, 천당과 일확천금이라는 꿈이 있다.

넷째, 돈을 주는 위치, 받는 위치가 분명하고 변동이 없다.

다섯째, 교회 일에 종사하면 보수를 받고 헌금을 내듯이 카지노의 종업원도 일한 보수를 받고 도박으로 카지노에 되바친다.

도박의 무서움은 이런 이야기로도 설명 할 수 있겠다. 젊은 유부남과 유부녀가 단 둘이 카지노에 갔다고 하자. 대부분의 사람들은 우선 불륜을 생각하겠지만 나는 그러지 않았을 것으로 생각한다. 도박은 인간의 기본적인 욕구인 성욕과 식욕도 초월한다. 도박을 하느라 이를 생각하지도 못했을 것이기 때문이다. 그만큼 도박은 무서운 것이다.

도박으로 젊은 시절을 낭비하고 이제 50이 가까운 한 노총각이 야무진 꿈을 가지고 있다. 언젠가 큰돈을 따면 그동안 혼자 외롭게 살아온 것이 억울하니 그 돈으로 20대 아리따운 처녀와 결혼해 남은 인생을 행복하게 살겠다는 것이다. 그러나 주변에 이런 식으로 꿈을 이루었다고 하는 사람의 이야기를 들은 바 없다.

자본주의의 모든 가치 기준은 돈인데 이것은 특히 카지노에 해당된다. 미국 사회에서의 그 더러운 인종 차별이 카지노에서는 없다. 다만 돈으로만 말한다.
인간성을 상실한 도박 중독자는 엄격히 따지면 인간이 아니다. 그러나 그런 중독자라도 그를 죽이면 분명히 살인 죄에 해당될 것이니 법적으로만 인간이다.

도박 중독자에게 돈을 빌려주는 것은 대단히 잘못된 일이다. 더더욱 잘못된 것은 그 돈을 되돌려 받을 것을 기대하는 것이다. 도박 중독자는 절대로 빌린 돈을 갚지 않는다. 돈이 있어도 더 이겨서 넉넉히 갚는다고 한다.
힘이 좋고 성질이 급한 강 형사는 많은 칩을 가지고도 빌려간 돈을 갚지 않는 중독자에게 폭력으로 카지노 안에서 칩을 빼앗았다. 칩은 현금과 똑 같다. 매일 24시간 열려있는 캐쉬어에서 현금으로 바꿀 수 있다. 강 형사는 폭력으로 칩을 빼앗았기 때문에 강도가 되어 징역 4년의 실형을 살았다.

도박 중독자들은 대부분 바카라 게임을 선호한다. 블랙잭은 여러 사람들이 같이 게임을 하는 경우가 많아 받을 것을 안 받고 안 받을 것이 받아 졌다고 항상 같이 도박하는 사람을 원망하는 경우가 생기지만 바카라는 자기가 잘 못하여 졌다고 후회는 해도 남을 원망할 일이 전혀 없기 때문이다. 그래서 많은 중독자들은 바카라 게임에서 이기는 방법을 연구한다. 10년은 보통이고 20년 이상 바카라 게임을 연구한 중독자도 있다.

바카라 게임을 간단히 설명하면, 뱅커와 플레이어를 나누어 갑오잡기를 하는 게임이다. 끝수가 높은 쪽이 이긴다.

단순히 이야기하면 우리네 홀짝과 같다. 끝수가 같아 비기면 배팅 금액의 8배를 준다. 그만큼 확률이 낮다. 물론 뱅커나 플레이어에 걸면 배팅 금액만 주고 뱅커가 이겼을 경우 5%의 수수료를 내야 한다. 모든 카지노에서 바카라 테이블에서는 게임 결과를 기록하고 다음에는 어느 쪽이 이길 것인가를 예측 하도록 종이와 볼펜이나 연필을 준다.

보물처럼 소중한 게임 기록을 가지고 금광에서 금맥을 찾듯이[이런 경우는 뱅커가 이긴다][이런 때는 틀림없이 플레이어가 이긴다)고 맥을 찾는다. 또 [찹찹(뱅커 한번, 플레이어 한번 교대로 이길 때)일 때는 어떻게 해야 한다] 등 등. 긴 세월 동안 통계적으로 나름대로 온갖 지혜를 짜내고 계산하여 이번에는 반드시 이긴다고 생각해 게임에 임해 보지만 모두 다 부질없는 짓이다. 막상 바카라 테이블에 앉아 실전에 임하면 귀신에 홀린 듯 생각대로, 계산대로, 시스템대로 되지 않는다. 그리고 그게 바로 인생이고 도박이다.

이 사회에서 필자의 별명은 "구 장로"였다. 필자도 노름을 한다. 경력은 20년인데 1년은 관찰만 했다. 속임수는 없는가. 어떻게 해야 이길 것인가를 생각했다. 미국에서도 길거리 야바위를 보았기에 도박의 속성은 속임수라 생각했다. 그러나 카지노에서는 속임수가 없다고 단정할 수 있다. 또한 장시간 게임을 하면 카지노에서 이길 수가 없다. 이것은 오랜 시간의 관찰 후 내린 결론이다.

이런 카지노 도박을 함에 있어 아무리 [분수에 맞게 한다][재미로 한다][오락이다] 하여도 도박은 단 한푼이라도 이겨야 기분이 좋다. 지면 기분이 나쁘다. 필자는 지금까지 분수에 맞게 노름을 했다. 절대 큰돈에 욕심 부리지 않고 철두철미하게 억제하고 작은 돈이라도 이기면 만족했다. 지난 1년을 생각하면 약간의 푼돈을 이겨 생활비에 보탰다. 블랙잭의 경우, 차민수가 쓴 [블랙잭, 이길 수 있다] 책 내용 대로 카운트에 숙달되어도 큰 도움이 되지 않는다. 블랙 잭은 보통8목(deck 1목은 53장)을 섞어서 하는데 이미 1/3 가량은 딜러가 컷을 하고 2/3정도만으로 게임하고 다시 섞기 때문에 큰 의미가 없다. 만일 어느 사람이 비상한 기억 력과 계산 능력으로 카지노에서 계속 이긴다면 그 사람은 카지노에서 출입을 금지 시킬 것이다. 그리고 카지노끼리 는 이런 정보를 공유하므로 다른 곳에서의 출입도 금지 될 것이니 여하튼 카지노를 이길 수는 없다.

바카라에서 이기는 맥이 있다거나 블랙잭에 시스템 카운 트로 이길 수 있다면 카지노가 문을 닫거나 그 게임은 이미 없어졌을 것이다.

 모든 길은 로마로 통한다고, 모든 돈은 카지노로 통한다. 아틀란틱의 경우만 보아도 카지노 종업원, 일반 자영업 자와 종업원, 마사지 필러 아가씨, 보드 위에서 손수레를 미는 사람 등, 거의 모든 사람들이 게임을 한다. 물론 노름을 전혀 하지 않는 사람들도 있고 필자처럼 분수에 맞게만 하는 사람들도 있지만 이런 사람들은 극히 드물다. 일만 명 중 한두 명 정도 있다고 보면 된다.

카지노 딜러들은 거의 모두 게임을 한다. 일하는 곳에서는 못하지만 다른 카지노로 가서는 할 수 있다. 베트남 중위 출신 캔이 타지마할 딜러인데 그만이 내가 아는 사람 중 유일하게 게임을 안 했다. 필자가 세 사는 건물주였고 그를 따라 타지마 할 딜러식당에 가서 밥도 여러 번 얻어 먹었다.

도박 중독자의 공통된 특징이 있다. 나름대로 신념이나 고집이 있는데 반드시 카지노에 자는 신념이고 고집이다. 필자가 지적해 주면 억지를 쓰며 화를 낸다. 구제 불능이다. 카지노마다 호스트가 있다. 한인을 끌어 들이는 한인 호스트는 크고 작은 손님을 끌어오는 능력에 따라 융숭한 대접을 받거나 실적이 없으면 가차 없이 잘린다. 오직 돈으로만 말한다.

2005년경에 한글로 된 미주신문에 프로 도박사에 대한 기사가 연재 된 적이 있었다. 두 번 연재하고서 아무 설명도 없이 중단 되었다.

프로 도박사들은 상류 생활을 하며 휴가도 가고 넥타이 매고 출근하고 퇴근하고 일반 샐러리맨과 똑같이 생활한다고 읽은 기억이 있다.

카지노에서 이길 수만 있다면 천국이다.

인간의 욕망을 해결해 주는 모든 것이 그곳에 있다. 필자도 쉽고 편히 잘살고 싶어서 심혈을 기울여 게임을 연구했다.

이길 수 있는 확률이 높은 시스템이나 룰을 만들어 게임에 임해도 내가 만든 룰을 나 자신이 못 지켰다. 도박을 안 한 지 10년이 훨씬 넘었는데 아직도 기회 있으면 도전해 보고 싶다. 카지노를 이길 수 있는 것은 신의 영역이 아닌가 생각한다.

도박으로 상류 생활을 하는 프로 도박사는 신에 가장 가까운 사람이라고 필자는 정의 한다.

카지노 안은 보안이 완벽하다.

그 누구도 안전하다 그러나 카지노를 벗어난 후미진 곳은 아주 조심해야 한다. 한인들의 뒤통수를 때려 기절시켜 다만 몇 불이라도 빼앗아 가기 때문이다.

뉴욕에 있는 순복음교회는 신도가 많다. 교회에서는 2불만 내면 식사를 제공해 준다. 그곳을 맡고 있는 조목사의 파워는 대단했다. 돈 통도 갖고 있고 장로들을 장악했다. 이런저런 인연으로 덕 좀 볼까 하고 찾아오는 목사가 많았다.

조목사의 냉대에 2불 내고 식사하고 버티다 떠나야 한다.
온갖 욕설이 따른다.
신도들이 기증한 옷이 많아 버스꾼들이 공짜로 옷을 갈아
입는 곳이다.
2불에 한식도 먹을 수 있어 버스꾼들이 꼭 필요한 곳이다.

춘순이라는 여인이 있었다. 동거남이 시스템으로 이길 수
있다는 유혹에 부산에 있는 못사는 오빠에게 오만 불을 가
져왔다. 매달 넉넉한 생활비를 보내준다고 약속했다. 2주도
못 버티고 다 잃고, 괴로운 마음에 만취되어 바다에 빠져
죽었다.

카지노에서는 캄이라는 것이 있다. 노름의 규모와 시간에
따라 주는데 일종의 개평과 같은 것이다. 슬럿 머신을 하면
자기의 캄 포인트가 올라가는 것을 수치로 보여준다.
50센트 누르는 것과 2불을 눌렀을 때는 네 배의 차이로
오른다.
캄은 보통 4~5등급으로 나뉘는데 식당에서 공짜로 밥을
먹을 수 있는 상위 두 등급만 이야기 하자. 상위 두 등급은
다이아몬드와 세븐스타이다.

다이아몬드는 한 사람만 데리고 들어갈 수 있고 세븐스타는 데리고 들어 갈 인원수의 제한이 없고 줄도 서지 않는다. 또한 같은 세븐스타라도 상황에 따라 차이가 많이 난다.

 큰 돈을 걸고 노름한 세븐스타가 요구하면 쟈니워커 블루(시중 230$) 3병과 담배 10보루를 요구해도 이를 준다.

필자도 잘 나가는 세븐스타에게서 쟈니워커 블루 1병과 담배 2보루를 얻은 적이 있다. 식당에 가도 주방장이 나와 인사 올리며 오늘은 무슨 메뉴가 신선하고 맛있다고 설명을 한다. 이때 세븐스타에게서는 100$~200$ 정도의 팁을 준다. 반면에 한동안 실적이 별로 없는 세븐스타에게는 담배 한 갑을 요구해도 냉정히 거절한다. 사막에서는 목말라 죽고 강에서는 물에 빠져 죽는 것과 같은 원리이다.

 극과 극에서 허우적거리는 것이 인생사의 서글픈 과정이다. 미국에 유일하게 인종차별이 없는 곳은 카지노다. 미성년자 (줄입을 엄격히 제한)를 제외한 모든 인종이 돈으로만 말한다. 노름꾼은 논두렁 베고 죽는다는 말이 있다. LA 송은 유효 기간 지난 여권을 비닐에 싸 바지 앞 주머니에 넣고 다닌다. 유일한 신원정보다. 결국 버스에서 앉아서 죽었다. 백수는 감당할 수 없는 채무에 시달려 자살했다.

 이 세상에서 가장 도움의 손길이 필요한 사람은 '버스꾼'

중독자들이다. 아무리 가난하고 배고픈 사람도 잘 때는 두 다리를 뻗고 잔다. 그러나 이들은 버스에 앉아서 잔다. 이들에게는 먹고 목욕하고 잠잘 곳이 필요하다. 한 달에 한 두 번이라도 족하다. 어차피 이들은 카지노 안에 있어야 한다. 돈이 없어 게임은 못하더라도 구경은 해야 한다. 이들 중독자에 돈을 주는 것은 바로 카지노에 주는 것과 똑같다. 따라서 이들을 실질적으로 도우려면 잠자리와 목욕을 할 수 있도록 해주어야 한다. 일확천금의 꿈은 엄청난 힘을 발휘하여, 배가 고파도, 두 다리를 쭉 뻗고 자고 싶어도, 목욕을 못해 몸에서 냄새가 나도 이들 스스로는 이를 참고 오늘도 "버스 꾼"이 되도록 한다. 이들 중독자들은 꿈이 있기에 버티어 내는 것이다.

타지마호 카지노 버스 대기실에서 밖을 내다보니 낙엽과 비닐 등 쓰레기들이 회오리바람에 작게 건물간 공간을 맴돌고 그 중 작은 빈 비닐 팩 하나가 옆으로 사라질 듯하다가 다시 원위치로 돌아와 맴돌기를 반복하고 있다. 마치 어느 게임 중독자가 이제 카지노를 떠난다고 하고서는 또다시 나타나 카지노를 맴돌듯이....

[2007년 여름, 바닷가 아틀란틱 시티에서]

제3부

석가 釋迦와
예수를
구하자

제3부. 석가釋迦와 예수를 구하자

짧은 삶을 사는 인간, 극소수를 제외하고 살아있는 동안 이를 깨닫지 못하고 마치 영원히 살 것처럼 탐욕을 부린다. 대부분의 생명은 생존과 종족 보전을 위해 최선을 다한다.

인간은 말을 하고 글로써 기록을 남길 수 있으므로 다른 생명과는 확연히 다르다고 할 수 있다. 특히 자비와 사랑을 최고의 덕목으로 내세우고 있는 종교는 인간 최후의 양심이어야 한다.

불경이나 성경은 위대하고 훌륭해 모든 인간이 읽고 깨우쳐 실행에 전진해야 하는 필독서이다.

불경이나 성경을 공부하고 수행하는 종교인은 중생을 지도 구제하고 신도들의 정신적 지주가 되어야 한다. 오직 그 길만이 부처와 예수를 살리는 길이다.

충남 공주시 계룡면 양화리 소재 조계종 "신원사"라는 절이 있다. 1946년 나는 이곳에서 태어났고, 이때 나의 부친은 "신원사" 주지(법명 만허)였다. 일제 강점기에는 결혼하지 않은 스님은 주지를 시키지 않았다고 들었다.

어릴 때 중악 단 입구 문간방에서 살았던 기억이 있어 모친(2013년 작고)에게 물었더니 그 곳에 사는데 아주 큰 구렁이가 나와 무서워 이사를 했다고 했다.

 이때는 모두들 몹시 가난했으므로 배고픔이 가장 큰 고통이었다. 그래도 절은 쌀을 시주하는 불자가 있어 먹을 것이 조금 여유가 있으므로 배고픈 동네 사람들과 나누어 먹어 온 동네가 한 가족 같은 분위기였다.

 연도와 경위는 자세히 알 수 없으나 "신원사" 가까이 살고 있는 대부분의 동네 주민들은 땅을 시주했다. 두 명은 버티고 시주하지 않았으므로 그 후손들은 도지 걱정이 없다. 어찌 되었던 "신원사"는 많은 땅의 소유주가 되었다.

 처음에는 도지를 받지 않다가 쌀로 조금씩 받고 쌀값이 싸니까 돈으로 더 이상 인상은 없다고 약속했는데 주지가 바뀌면서 이를 번복해 원래 주인이었던 고령의 영세 농민을 상대로 지주로서의 도를 넘기고 있었다. 얍삽하고 치사하게 가능한 한 한푼이라도 더 받아내려는 의도가 확실히 보인다. 전년에 비해 도지를 터무니없이 올리고 자비를 베푸는 척하면서 깎아 주기도 하고, 버티는 농민에겐 인상 없이 받기도 한다. 도지 거두기에 어떤 원칙도 없고 공평하지도 않았다.

예를 들어보자. 삼십만 원에서 백 프로 육십만 원으로 올린 도지를 칠백만 원 내라고 아주 많이 올렸다. 그러다가 농사를 포기하니 한해 걸렸다가 구십만 원으로 자비를 베풀어 아주 많이 깎아 주었다. 작금의 "신원사" 행태를 법정이나 성철스님이 알면 어떤 평을 하실까 궁금하다.

동학의 난 원인 제공을 했던 고부군수 조병갑도 "신원사"를 형님으로 모시고 한 수 배워야 할 것이다.

"신원사"의 행태 중 가관인 것은 불우이웃 돕기 성금을 내는 것이다. 원래 땅 주인이고 불우 이웃인 고령의 영세 농민에게 가혹하게 도지를 받아 자기 체면치레를 하는 것은 용서 할 수 없다. 소수의 약자는 슬프다. 더 슬픈 것은 소수의 약자끼리 뭉치지 못하고 반목하는 것이다.

약자끼리 단결하고 조직해서 싸워도 어려운데 강자의 행동에 익숙하고 반항은 생각도 못하고 처분만 바라는 것이 몸에 밴 사람은 어쩔 도리가 없다.

나는 신원사의 행태에 이를 바로 잡자고 29명의 서명을 받아 진정서를 내고 투쟁하려 했으나, 신원사의 저지 행동에 아주 쉽게 무너졌다. 내가 잘 못 알고 있기를 간절히 빈다. 주지는 외제차를 타고 다니고 기타 중이나 사무장은 국산차를 탄다. 절에도 체면이 존재한다. 세속적이고 현실적인 것에 뒷맛이 씁쓰레하다.

또한 나의 모친 49재 때를 생각하면 뒷맛이 너무 씁쓸하다

49제를 지내는데 5회를 저승길 여비로 내라고 해서 천원짜리까지 주머니에서 털었는데 마지막 모친 옷을 태우는데 여비를 더 내란다. 이때는 이미 무일푼이어서 허탈했다. 나중에 알고 보니 절에서 49제 해본 사람은 다 아는 일반 상식이었다. 중이 고기를 먹는 것을 탓하고 싶지 않다. 그러나 잔혹하게 도살 한다든지 생피를 먹는다든지 상식을 넘는 행위를 하면 이를 나무라고 싶다. 마찬가지로 돈도 악덕기업 수준을 넘어 악랄하게 끌어 모으면 나무라고 싶다.

나의 모친은 독실한 불자로 [받은 것들은 갚는다]고, 자기의 형편에 비해 과분하게 "신원사"에 시주했다. [삼대가 덕을 쌓아야 집안에 중 한 명이 나온다]며 내 나이 50대까지도 [더 늙으면 하고 싶어도 중을 못 한다]고 출가 할 것을 강력히 권유하셨으나 나는 끝까지 출가를 하지 않고 버티었다. 나는 철이 들면서 나와 같은 처지인 스님, 목사, 선생들의 후손을 살펴보았다. 즉, 받기를 많이 하고 나누어 줄 일이 별로 없는 사람들 후손이다. 대부분 불행한 인생을 살고 있는 것으로 파악 되었다.

왜 그럴까? 그 해답으로는 성경의 한 구절을 인용하겠다.

받는 자 보다 주는 자에게 더 복이 있나니, 덕이 있는 부모를 둔 자식이 복을 받는다.

부모가 덕이 없으면 자식도 복이 없다. 인간은 사회적 동물이므로 똑 같은 조건이면 덕이 있는 부모를 둔 자식에게 기회가 주어질 확률이 높기 때문이다. 세상 사는 이치를 깊이 파고 들면 공감할 수 있다. 후손을 위해 깊이 생각하고 음미해야 할 일이다. 간혹 비정상의 종교인이 나와 나라와 백성들에게 큰 해악 을 끼치는 일이 있어 안타깝다. 우매한 백성을 현혹시켜 많은 재산이 있음에도 더 많이 빨리 탐욕을 부리다가는 나쁜 결과를 초래할 수도 있다. 간혹 비정상의 종교인이 나와 나라와 백성들에게 큰 해악을 끼치는 일이 있어 안타깝다.

집 착

나는 본래 가진 것이 없다.
너도 그렇다

관리해야 하는 것을
소유로 착각했다.

착각은 집착을
집착은 괴로움을 남기고 떠난다.
너도 그렇다.

우매한 백성을 현혹시켜 많은 재산이 있음에도 더 많이 빨리 탐욕을 부리다가는 나쁜 결과를 초래할 수도 있다. 젊은 목숨을 포함 많은 목숨을 앗아간 세월호 사건은 대한민국 국민에게 허탈과 분노 체념을 안겨 주었다.

억지와 엉뚱한 말로 광화문 집회를 강행해서 코로나를 퍼트린 목사는 차라리 애처롭다. 전지전능하신 하나님께 간절히 기도해서 이 문제가 해결 된다면 얼마나 좋을까? 그러나 이는 하나님도 해결하지 못한다. 덩치 큰 인간이나 아주 작은 바이러스도 똑같은 생명이기 때문이다. 국가에 큰 해를 끼치는 자는 국가의 재앙을 막기 위해 국민 공개 재판 후 곧바로 사형시키는 법이라도 만들어야 한다.

언론은 그릇된 선동자와 그를 따르는 자들이 있으면 이를 보도하지 말아야 한다. 왜냐하면 99% 이상인 선량한 국민에게 엄청난 스트레스, 불쾌감, 피로감을 주기 때문이다. 민주주의의 자유 국민의 인권은 다수의 국민을 위해 존재되어야 한다. 종교를 빙자한 사악한 무리는 언론에서 보도하지 말고 엄격하고 신속하게 처리해야 한다. 한두 명의 잘못으로 5천만 국민이 괴로움을 당한다면 그것에 인권 민주주의라는 말을 하는 것도 사치이다.

이런 자들로부터 국민을 지키고 석가와 예수를 구하고 나라를 안정시키려면 이런 무모한 행위를 하지 못하도록 강력한 법을 만들어 시행해야 한다.

자본주의 가치기준인 돈의 위력은 종교도 초월한다. 절이나 교회에서도 돈 통을 쥔 자가 실세다. 어디를 가나 돈 통을 쥔 놈이 힘이 있어 보인다. 돈 통을 못 가진 나머지는 힘이 없어 보이는데 갖고 있던 돈 통을 빼앗긴 놈은 힘이 더 빠져있다. 절은 무조건 중이 돈 통을 갖고 있지만 교회는 목사와 장로가 파워 싸움 끝에 쎈 놈이 갖는다. 견제 세력이 있는 교회가 절보다 구린내를 덜 피우는 이유다.

절 주변에 가면 일반인의 상식을 벗어나 중들의 음주, 오입, 도박 등 회자되는 것이 교회보다 훨씬 많다. 머리나 복장을 생각해도 많은 것은 어쩔 수 없다.

부처의 얼굴에 똥칠하는 행위는 제발 그만두어야 한다.

그럴 시간이 있으면 염불을 한 번 더 외우거나 사회봉사를 하는 것이 훨씬 보기 좋다.

중들의 상식에 맞지 않는 행동은 많은 불자가 절을 찾지 않는 중요 요인이 된다. 나도 그 중 하나다.

조계종에 간곡히 부탁 드립니다.

많이 가진 자가 탐욕이 더 많습니다.

아무것도 없으면 탐욕도 없습니다.

전과 답은 농사짓는 농민에게 나눠주고 임야나 산은 전문가인 산림청에 기증해서 후손을 위해 설계 하도록 하십시오. 더 이상 부처를 욕되게 하지 마십시오.

현재 대한민국은 배고픔을 넘어 쌀이 남아도는 형편입니다. 굶어 죽을 염려가 없다는 뜻입니다.

필자가 절이나 교회에 대하 인식이 오해이고 편견이고 잘못 알고 있기를 간절히 바란다. 그러나 지금까지 주위의 많은 사람들과 종교 얘기를 해보면 아주 부정적이다.

이 부정은 상식이요 민심이다. 민심은 종교를 넘어 천심이라 하였다. 상식과 민심은 같다. 고려 때 중이 고리대금업까지 했다는 글을 읽은 기억이 있다. 종교는 우선 사실 확인부터 해야 한다. 공정하고 정확하게 민심을 파악해서 깊이 반성하고 앞으로의 대책을 세워야 한다. 이 길만이 예수와 부처에 대한 최소한의 예의이다.

우주의 깨달음이 주는 충고로 받아 들여야 한다. 종교의 타락은 백성의 영혼을 혼란스럽게 한다. 이보다 더 나쁜 해악은 없다.

필자는 슬프고 안타까운 시선으로 인간이 만든 십자가의 예수와 부처를 바라본다.

제4부

서기

2000년

제4부. 서기 2000년

● 1961년 5월 16일, 오천 년 동안 한 민족이 애타게 기다려 온 단비가 내렸다. 5.16 군사혁명! 역대 어느 왕도, 지도자도, 이념도, 종교도 해주지 못한 백성들의 배고픔의 끝을 알리는 상쾌한 신호였다.

 세종대왕은 한글을 만들어 위대한 업적을 남겼지만 배고픔은 해결하지 못했다. 배고픈 자유냐 배부른 노예냐를 논의할 필요가 없어지고, 진정한 민주주의가 출발하는 계기가 되었다.

 물론 독재에 희생된 국민도 있었다. 그분들께는 진정한 위로의 말씀을 드린다. 억울하고 원통하고 평생을 희생한 분들도 있었다. 그리고 안타까운 죽음도 있었다. 그분들의 숭고한 정신과 민주주의를 위한 투쟁도 인정한다. 그러나 비록 독재였지만 희생된 분들을 뺀 대다수의 국민을 생각하면 그 공이 너무도 크다. 국민을 잘 살게 하겠다는 대통령 박정희의 무서운 집념의 의지는 결실을 맺었다.

 나는 감히 말하고 싶다. 공은 거목이요 과는 한줌 낙엽이다. 우리는 그분의 공을 인정하고 존경해야 한다. 잊어서도 안 된다. 공을 인정하지 않거나 잊으면 싸가지 없는 국민이 된다. 싸가지 없는 나라는 미래가 없다.

 박정희 대통령 살아생전 시중에 떠돌던 술과 여자 스캔들은 비록 이것이 루머라 하더라도 인간 박정희를 생각하는 마음을 더욱 애틋하게 한다. 우리는 박정희 대통령을 신 이상으로 모셔야 한다. 신도 해결해 주지 못한 국민들이 배고픔을 해결해 주었기 때문이다. 박정희대통령 생각만 해도 옷깃이 여며지고 마음이 울컥해 진다.

박근혜 대통령도 사랑해야 한다. 이는 그녀가 박정희 대통령의 딸이라는 이유 하나 만으로도 충분하다.

● 단지 주먹만 한 쥐 한 마리가 죽어 썩는데 필요한 세균의 숫자는 얼마나 될까? 계산이 불가능하지 않을까?

● 인간 역사상 가장 많은 동종 생물체를 죽인 동물은 누구일까? 히틀러, 유대인 포함 수많은 전쟁 사망자 수. 진시황제, 중국 통일과 만리장성 축조에 동원되었다가 죽은 많은 사람들. 그리고 전 세계에 많은 땅을 정복했던 징기스 칸이 자기의 목적 달성을 위해 희생시킨 인간의 수.

● 세균 하나에 인간 1명 식으로 숫자를 따지면 세균은 거의 무한대에, 인간은 유한하므로 비교가 되지는 않지만, 하

나의 생명체로서는 세균과 인간은 동일하다. 살아서 자라지 못하거나 죽은 생물은 먹어 소화시키거나 썩어야 한다. 불에 태워버리는 방법도 있으나 이것이 최상의 방법 은 아니다. 썩거나 다른 생물에 의해 먹혀서 소화가 되지 않는다면 순환이 되지 않는다는 뜻이 되어 이를 상상하기 어렵다.

● 인간도 중요하지만 죽은 인간을 썩히거나 소화시켜 버리도록 하는데 필요한 무한대의 작은 생명도 무척이나 소중하다고 할 수 있다. 인간도 다른 생명체처럼 소화시키거나 썩혀 버려야 할 대상의 하나이다.

● 내가 말을 이랬다저랬다. 한다고 탓하지 마라. 이래도 맞고 저래도 맞는 것이 있고, 이래도 틀리고 저래도 틀리는 것이 있기 때문이다. 이 세상에 확실한 것은 아무 것도 없다. 인간의 가치 판단 기준은 센 놈의 것에 맞추어 옳고 그름을 논하고 있기에 이는 끊임없이 변화하는 것이다.

● 땅속의 자원이나 자연을 훼손하지 마라. 이는 지구를 계속 유지시킬 근본을 없애는 것이다. 인간의 끝없는 욕망은 지구, 인류의 멸망을 자초함을 알면서도 이를 멈추지 못

하고 있다.

● 술잔을 앞에 놓고 누군가와 세상 이야기를 해보면 이렇게 생각이 옳고 인품 있는 훌륭한 사람이 있을까 하고 감격하기도 한다. 그런데 그러던 사람이라도 어떤 이해관계가 있거나 또는 우연히 그 사람의 다른 면모, 실체를 보게 되었을 때 실망하는 일이 생기곤 한다. 그러나 이것이 인간인 것이다.

● 사람이 살아가면서 말과 행동이 일치하긴 참 어렵다. 그것은 나도 마찬가지이다. TV에서는 가끔 애완동물을 키우는 사람들의 동물 사랑 장면을 보여준다. 여기에서 보면 사람들이 감격스럽게도 동물들을 아끼고 사랑하고 보호하고 있어 눈물겹고 재미도 있다. 그러나 재래시장에 가 보면 사람 보신용 개가 철창 안에 갇혀 죽음을 기다리고 있는 모습을 볼 수 있다. 이들 동물들은 이 장터의 특유한 분위기와 냄새로 자신이 죽음으로 다가가고 있음을 안다는 표정을 보라.
 아낌과 보호를 받는 동물보다 인간에 의해 잔인하게 희생되는 동물들이 훨씬 많다. 재수가 좋아 선택된 동물만 애지중지 돌보고 보호하는 것이 진정한 동물 보호라고 할 수 있을까. 눈 가리고 아웅 하는 쑈는 그만 해라! 지금 인간의 먹거리로 잔인하게 처리되고 죽는 많은 동물들은 동물이 아닌가?

● 민심이 천심이다. 인간이 생각하고 인간이 정의한 것이다. 정확한 천심을 알 수가 없다.

● 우리가 살고 있는 지구, 땅의 표면은 인간으로 말하면 피부와 같다. 지하에 석유나 물을 뽑아내기 위해 지면에 파이프를 박는 행위는 피를 뽑기 위해 인간의 몸에 주사 바늘을 꼽는 것이나 마찬가지이다.
 그런가 하면 세상에 없던 비닐이나 아스팔트 포장 같은 썩지도 않는 물건을 만들어 지구 피부를 덮어 피부병을 앓게 하고 지구 온난화를 불러 지구를 덥힌다. 그래서 인간 스스로 생명체나 인류가 지구상에서 살 수 없도록 지구 환경을 만들고 있다.

● [믿음은 자유다]라고 하며 빌라도 총독이 예수를 십자가에 못 박지 않았다면 인간은 죄의 사함과 구원을 받지 못했을 것이다. 이렇게 인류 구원의 결정적 공이 있는 빌라도 총독에게 감사해하는 사람을 나는 아직 보지 못했다.

● 선악과는 누가 만들었는가? 아담이 선악과를 따먹을 줄 하나님은 몰랐을까? 생명이 생명을 먹어야 생존할 수 있는 것은 누가 만들었나?

● 선과 악은 하나다. 따로 존재할 수가 없기 때문이다. 살아있는 것은 반드시 죽는 것은 반드시 죽는다는 것을 확인시켜 주기 위한 것이다. [죽는 이유는 반드시 죽기 위해 태어나는 것을 위해서다]

● 인간은 상상할 수도 없는 초능력의 신이 지구의 모든 오염 물질을 뜰채로 한번 들어내고, 위험한 무기는 지구상에서 영구히 덮어 버린다면 얼마나 좋을까 생각해 본다.

● 윤회가 사실이라고 가정한다면 살생도 이의 한 과정이다. 이것이 옳고 그름을 따질 일이 아니다.

● 인간의 능력으로 계산이 안 되는 무한대의 생명체가 있다. 이들 각자는 자신의 삶에 충실히 살다가 죽는 것은 자연스러운 것이다. 그냥 살다가 죽는 것이다. 어떤 이는 안 죽으려고 발버둥 치다가 죽는 것도 맞다. 이런 모든 것은 주물주의 뜻이다.

● 국가의 운명은 60년을 주기로 바뀐다. 120년, 180년이면 더 크게 바뀐다. 아무리 길어도 300년을 머물 수 없다. 오래가면 더욱 그 대가를 치른다. 300년 넘게 고초를 겪었으면 그 후에는 더욱 황금기를 이룬다. 이는 한국의 경우이다.

● 보고 듣고 만져서 느낄 수 있는 생명도 있지만 눈에 안 보이고 귀로 못 듣고 감촉으로 못 느낀다고 생명이 없는 것은 아니다. 예수도 석가모니도 생명을 먹고 살았다. 생명체가 생명을 먹음으로써 다른 생명이 탄생하고, 다른 생명의 탄생을 도움으로서 우주의 질서가 성립된다.

● 생명의 끈은 집요하다. 과일을 먹고 껍데기를 방안에 두면 어디선가 날아온 날 생명이 그곳에서 살아 움직인다. 그러니 눈에 보이지 않는 생명체는 얼마나 더 많이 있을까!

● 수준 낮은 국민에 대하여 정의해 본다. 강자 앞에서는 내 몸 다칠까 봐 꼬리를 내리고 침묵 하거나 복종하다가 너그럽거나 만만한 상대를 만나 그로 인해 내 몸 다치거나 손해 볼 일 없다고 판단되면 무척 정의롭고 용감해진다. 약자에겐 더욱 그렇다. 더군다나 내 궤변과 억지 이론으로 무장해 공격하고 우긴다면 먹혀들 만한 무지하고 약한 상대에게는 마음껏 기승을 부린다.

● 국가 간에 일어나는 일에 대하여는 자기 나라의 이익을 위해 말을 바꾸고 이미 정한 약속도 안 지키고 배신 할 수 있다. 그러나 나라 안 백성들에 대하여는 그러면 안 된다. 백성을, 민족을 자기의 가족과 같이 생각해 희생하고 손해를 보면서라도 대가 없이 사랑해야 한다.

꿈 1

저기다 쫓아간다
가보니 환상이다
또 저기다 하고 쫓아간다
똑 같이 환상이다
그래도 쫓아간다
대를 이어 쫓아간다.

● 물의 흐름은 보다 깊은 곳을 메우고 낮은 곳으로 흐른다. 물이 흘러 가장 낮은 곳에 이르면 바다가 된다. 그리고 더 이상 흐를 수 없게 되면 이는 기체가 되어 다시 높은 하늘로 오른다. 그리고 이는 비가 되어 다시 땅으로 보내진다. 이와 같은 물의 흐름은 진리이고 사실이다. 모든 것은 높은 곳으로부터 낮은곳으로 흐르니 이것은 곧 순환의 원리이다.

윤 회

돌고
돌아
제자리
제자리
가기 위해
돈다.

● 이 세상 어느 종교나 이념, 그리고 어떤 자라도 새로운 생명이나 행복, 평화를 줄 수는 없다. 혹여 이것이 주어진다 한들 이는 잠시 뿐이고 아니면 잠시 환상에 빠졌던 것 뿐이다.

● 모든 것이 신이며 영혼이 있다. 돌도 새도 그리고 극히 미세한 것이나 거대한 것도 모두가 공평하다.

● 제 몸의 꼬리를 물지고 돌다 보면 이는 끝없이 돌게 된다.

● 우주의 끝은 어디일까? 어떤 모양을 하고 있을까?
이것에 대하여는 아마 신도 모를 것 같다.

길

구름도 바람도 그리고 인간도
모든 생명체는
가야 하는 길이 있다.
흙도 돌도 그리고 모래도
모든 무기물도
제 역할이 있다.

● 우주의 모든 것은 변화한다.
변화하는 것은 영원하다.

● 어느 곳에 세균 수천억 마리가 있습니다. 그 중에는 센
놈 약한 놈 분한 놈 그리고 억울한 놈도 있을 것이지만 이들
세균 간에는 그들 나름대로 위대한 역사도 있을 수 있습니
다. 다른 먹이 생물을 끌어들여 그들을 번창시키는 계기를
제공한 세균도 있었을 수 있으니까요.
그렇지만 인간은 이런 것에 개의치 않습니다. [다만 잠시
흑사병, 스페인 독감, 코로나 같은 것의 도래로 죽거나 고
생을 할 뿐이지요]

조물주 또한 인간들 사는 모습을 볼 때, 인간이 세균 보듯 할 것입니다.

소리

싹이 올라오는 초록 소리
물의 흐름은 파란 소리
산들 바람은 하얀 소리
모든 수컷의 빨강 소리
암 컷들의 분홍 소리
흰 눈 내리는 남색 소리
낙엽 구르는 황색 소리
아무 의미 없는 무색 소리

● 나에 대해 솔직히 이야기 하자면, 나는 본능 대로 살았다. 성적 욕구가 생기면 여자를 집적거리기도 했고 생활에 쪼들릴 때면 감옥에 안 간 정도로 거짓말, 치사한 짓도 했었다.

일확천금을 소망하며 복권도 사봤고 노름도 해봤다. 살면서 강자에게는 꼬리를 내리고 약자에게는 우쭐한 마음에

거들먹거리는 행동도 했었다.

예쁜 여자를 보면 강간도 하고 싶었고 돈이 아쉬울 때는 도둑질을 할까 하는 생각도 했었지만 감옥에 가는 것이 두려워 이를 억제했다.

그런 가운데 이제와 나 자신에 자부하고 싶은 것은 그래도 최소한의 양심은 있어 딱한 처지의 사람이나 불쌍한 사람들에 대하여는 그를 도우려 애를 썼던 점이다.

나와 우주

광대한 우주 속에
지구라는 작은 점
작은 점 하나 속에
더 작은 점 하나
어디에서 와서
어디로 가는가?
알 듯 말 듯하다가
모르고 흘러가네!
그렇게 흘러도
가는 길이 있다네.

● 똥개나 똥개의 마음을 정리해 보자. 감히 사람을 향해 짖는 똥개는 겁이 많아서 그런 것이다. 자신에 등을 보이는 사람을 향해 짖는다. 등을 보이던 사람이 돌아서면 똥개는 조금 도망가는 자세를 취하고 사람이 돌이나 막대기 같은 것을 주워 들면 더 멀리 도망간다.

개는 주인을 향해서는 무조건 복종한다. 때리면 맞고 욕지거리를 해도 꼬리를 흔든다. 혹시 뼈다귀라도 던져주면 길길이 뛰며 좋아하고 충성을 다짐한다. 주인이 죽이려 할 때는 최후의 발악을 하지만 때는 이미 늦었다. 쇠줄로 목, 몸통과 손발이 묶여 처절한 비명만 남길 뿐이다.

같은 똥개들끼리는 주인에 대해 충성 경쟁을 치열하게 한다. 어떤 때는 가소롭게도 의리를 앞세우고 의리를 따진다. 센 놈한테는 꼬리를 내리고 살살거리지만 약한 놈 한테는 반대로 가혹하고 잔인하게 굴며, 비슷한 놈들끼리는 그때 그때 알아서 한다.

똥개도 꼴값을 떠느라 약자를 돕기도 한다. 특히 매스컴을 타고 세상에 알려질 때 더욱 그렇다. 드물게는 진심으로 똥개를 돕는 착한 똥개도 있다.

아주 센 놈이 무섭게 통치하면 꼼짝 못하고 있다가 세상이 바뀌어 다른 센 놈이 통치하면서 그가 나에게 해를 끼칠 수 없다고 생각되면 똥개들은 똥권을 외치고 민주주의와 정의를 따지며 가당찮은 요구에 억지를 쓰며 맹렬, 용감하고 끈질기게 투쟁한다. 이런 때는 똥개답지 않게 이익 집단을 형성하며 이들 간의 결속력은 강해진다.

혹자는 나에게 물을 것이다. [너는 어떠냐?]고 훌륭하냐? 세퍼트냐? 인격자냐? 등등. 여기에 대한 내 대답은 이렇다. [나도 똥개다. 내가 똥개니까 다른 똥개보고 똥개라고 한다]

무엇이 선이고 무엇이 악인지 구분되는 것은 인간이 만든 그들의 기준에 의한다. 이를 신이 만들었다는 증거도 없다. 누가 신의 계시를 받았느니, 말씀을 직접 들었느니 하는 것 등은 믿을 수가 없다. 그리고 거의 죽었다가 살아나서는 죽으니까 어떻더라며 하는 이야기는 더욱 이해하지 못 하겠다.

● 동물의 세계에서는 센 놈이 약한 놈을 잡아먹는다. 이들 세계에서의 살생은 분명히 죄가 되지 않는다. 죄가 있다면 잡아먹어야 살도록 만든 조물주에게 있는 것이다. 이들의 생명은 조물주가 만든 대로 주어진 본능에 의해 열심히 산 것이며, 그리고 언젠가는 반드시 죽는 것이다. 생명체는 조물주가 만들어준 대로 본능적으로 살기 위해 다른 생물

을 잡아먹고 유전자를 후손에 남기기 위해 발버둥친다. 그들의 생활을 자세히 들여다보면 조물주 작품은 어느 곳에서도 틀린 곳이나 허점이 없다.

살아서, 또는 죽어서라도 다른 생명체의 먹이가 되는 것을 보면 세상의 모든 생명체는 소중하고 제 역할이 있다는 것을 뜻한다.

하나님은 인간만을 위해 존재하는 것이 아니다. 그것은 코로나를 봐도 알 수 있다. 만일 하나님이 인간만을 위해 있는 것이라면 코로나 같은 것을 만들어 인간들에게 퍼지게 하지는 않았을 것이다. 오히려 하나님의 입장에서는 코로나 바이러스도 인간과 마찬가지로 자신이 만든 우주에 있어야 할 생명체인 것이다.

날 개

거기 가는 저 기러기 날기도 잘하는데
어디로 가는 건지 같이 날고 싶구나
날아가는 기러기는 내 마음을 알아줄까?
기러기는 무심한데 내 마음은 날고 있다.

그러니 인간이 아무리 코로나 바이러스를 없애 달라고 하나님께 기도해도 하나님은 이렇게 말할 것이다. [나는 편애가 없고 어느 생명체에게도 공평하리라. 약육강식은 내가 만든 법칙이다] [인간아! 너희가 싸워서 이겨라. 코로나 바이러스야! 너희도 힘내라]

● 돈은 많을수록 좋다. 그러나 사람들은 뻔뻔스럽게도 좋은 말로 돈이 행복의 조건은 아니라고 말한다. 이 말은 맞는 말이기는 하다. 그러나 돈은 없는 것 보다 많이 있는 것이 훨씬 좋다. 돈이 많으면 이 세상을 살아가는데 필요한 의식주를 내가 원하는 대로 바로 해결할 수 있고, 약자를 도우며 천사처럼 살 수 있다.

● 돈이 많으면 비록 늙어서도 젊고 지적이며 섹시한 여자와 살 수 있다. 현재와 과거의 많은 실례들이 이를 증명한다. 동물의 세계에서 제일 강한 놈이 암컷을 독차지하는 것처럼 인간에게는 돈 많은 사람이 강한 놈이다.
살아서 많은 재산을 가지고 있었다면 본인이 이를 다 쓰지 못하고 죽는 것도 괜찮다. 죽을 때까지 자부심을 가지고 자기 만족을 취하며 살았을 테니 살아있는 동안 행복했을 것이다. 남겨진 재산은 그냥 또 다른 임자가 있기 마련이다.

● 나는 천성이 저축을 하지 못한다. 그래서 꼭 필요한 만큼만 가지고 있다가 죽을 때 남기려고 애쓴다. 늙어서도 돈을 벌려고 하는 욕심을 가지고 있다면 이는 자신의 상황을 제대로 파악하지 못한 것이라 생각한다. 아직 남에게 손을 벌려야만 생활이 가능한 처지가 아닌 것에 감사한다.

내 스스로 몸을 움직여 조금이라고 사회에 보탬이 되는 것이 있다면 참으로 다행스럽고 행복한 일이다.

구름

하늘에 두둥실 떠있는 솜사탕
크고, 작고, 온갖 형태로
멋대로 띄운 하얀 솜사탕
무슨 소원이 담겨 있을까?
흐르지 않고 머무는 것은
미련이 남아서 머뭇거리다가
빠르고 느리게 흐르는 것은
작별을 고하는 마음의 속도인가?

● 내 전생은 석가모니였다. 내 나름대로 나를 깊이 생각해

서 깨닫고 보니 그렇다. 살아있는 것은 모두 부처다. 그리고 모든 부처는 부처답게 살아야 한다. 독수리가 먹이를 열심히 찾는 것도, 독수리의 먹잇감이 살기 위해 도망가는 것도 부처로 태어나서 취하는 부처다운 행동인지라 탓할 수 없다. 예수, 공자도 다른 생명을 먹고 생기를 얻어 그 힘으로 열심히 중생을 계몽하는 일을 했다. 그러니 그들이 취해온 행위 역시 부처이다.

● 악과 선은 하나이다. 생명이 그 역할을 교대로 하고 있다. 윤회라는 것이다. 공자도, 석가도, 심지어 히틀러도 윤회를 하고 있다. 세상의 모든 흔적은 삶이 남긴 자국이다. 바로 조물주의 명을 받은 부처의 흔적이다.

● 인간이 살찌고 편할수록 지구 멸망은 더 가까워진다.

● 우주 모든 만물의 근원은 물이다. 물이 작용해서 흙도 되고 생명도 되었다. 더러워진 물이 순수를 되찾기 위해 흙과 생명으로 태어나 깨끗해지는 과정을 거친다.

● 인간은 살면서 다른 생명을 생으로 익혀서 발효시켜 먹는다.

인간도 죽으면 다른 생명에게 먹이를 제공해서 되갚아야
한다.
동물이든, 곤충이든, 식물이든, 세균이든 상관없다.
태워버리는 것은 우주와 자연의 질시에 역행하는 섯이다.
불교에서 시체를 태우는 행위는 잘못이라 생각한다.
부처의 뜻이라도 동의하기 어렵다.

● 살아있는 생명은 모두 공평하고 똑같다. 언제 어느
순간에 무슨 역할을 하느냐가 다르다. 석가냐, 예수냐, 히
틀러냐, 수조 마리 중 한 마리의 세균이냐 우주 창조주냐가
다르다. 그것도 돌아가면서 맡는다. 결국은 모든 생명이
하는 행위는 같다는 것이다.

● 인간이 우주의 흐름에 역행하여 인간이 생각하는 죄를
짓는 것은 깨달음이 부족하기 때문이다.

● 깨달음은 힘들고 어렵고 고통스럽게 얻는 것만 깨달음
이 아니다.
쉽고 편하게 근본원리를 이해하고 올바른 방향을 잡아서
얻는 방법도 있다.
● 조물주의 뜻대로 탄생된 생명은 생존과 유전자를 남기

기 위해 치열하게 살아야 한다.

번식 본능과 생존 본능을 억제하고 사는 것은 수도승이나 수녀는 탄생의 의미를 거스르는 짓이다.

● 지구에는 어느 조건에서나 살 수 있는 생명이 넘친다.

● 탐욕의 끝은 있는가? 끝이 있는 탐욕은 없다.

어느 생명이나 생존은 투쟁이다. 인간은 이념이나 종교를 만들어 싸운다. 조물주의 뜻이다. 인간 이외 다른 생명의 투쟁은 단순하고 공평해서 좋다. 어찌 되었던 생의 과정은 윤회다.

● 진리는 별것이 아니다. 사람이 생각하는 일반 상식이 진리다.

● 네가 믿고 싶은 대로 믿되 네가 행복한 믿음을 찾으라. 네가 행복하지 않은 믿음은 믿음이 아니다.

● 우주가 제공한 인간이 꼭 필요한 삶의 조건을 지구에서 인간이 파괴한다.

창조주도 한계가 있다. 생식 본능과 죽음을 초월하는 생명은 탄생시킬 수 없다. 이는 참으로 옳고도 바르고 정당하고 공평하다. 이보다 더한 진리는 없다.

● 세상 모든 일에는 긍정과 부정이 있다. 내가 쓴 글도 아주 좋게만 확대 해석하고 세부적으로 의미를 부여하고 발전을 거듭하면 성경이나 불경과 비교할 만할 것이다. 내 글을 보고 의미를 부여하고 좋은 평을 해준 이에게 1억 씩 천 번을 지불 한다면 그 분량이 상당하고 진리가 될 것이다.

● 창조주는 모든 생명을 위해 존재한다. 인간만을 위해 존재하지 않는다.

● 상식은 모든 것에 우선한다. 배가 고프면 먹어야 하지 의학적으로, 종교적으로, 정신적으로 아무리 매달려도 소용이 없다. 인권도, 민주주의도, 예술도, 진리도 상식 안에 있어야 한다.

● 스님과 목사의 탐욕은 살아있는 부처와 예수를 슬프게 한다.

● 종교나 이념 훌륭한 지도자의 말은 옳고 타당하고 합리적이다. 다만 지구 인간의 개체 수가 적당할 때만 해당 된다.

● 가정은 부질없다 하지만 이순신 장군도 박정희 대통령도 태어난 시기가 조금만 달랐어도 평범한 이름 없는 삶이 아니었을까 생각한다.

● 인간은 복잡해서 한마디로 설명이 안 된다.

● 호불호가 지나쳐 일부 동창들로부터 환영을 받지 못한 친구의 부음을 받았다. 장례식장에서 영정 사진을 보니 엉뚱한 얼굴이 있었다. 한참을 자세히 보고 나서야 어림풋이 본 얼굴을 조금 찾아냈다. 암 판정 후 7개월 만에 사망했으니 그 동안의 고초가 눈에 보인다. 나이 70대 중반 을 살았으니 옛날로 치면 오래 살았고 현재로 치면 조금은 짧은 것 같다. 새삼 안락사와 존엄사를 생각해 본다.
친구(홍운표)야!
인간으로 살아있을 때처럼 씩씩하고 자신 있는 발걸음으로 천상을 누비고 다녀라. 다음 생은 어느 종이던 가장 센 놈으로 태어나서 활기차게 살아라.(2022.1.22.)

● 억만 시간 곱하기 억만 시간이 흐른 후 동물과 식물의 역할이 바뀌었다.

● 내 마음속에 부처와 예수가 있다면 내가 바로 부처요,

예수다.

● 먹는 자가 있는 것은 먹히는 자가 있기 때문이다.

● 정치, 종교, 기업 등 지배층의 탐욕과 상식을 벗어난 행동을 보면 백성이 하늘을 보고 탄식한다. 하늘의 탄식은 천심이 되어 내려 온다.

● 살인자도 믿는 대로 예수, 석가, 하늘 신, 땅 신이다.
세상 돌아 가는데 있어야 하는 하나의 역할이다.

● 1960년대, 70년대 대한민국이 못살았던 시대에 사회에 희자 되던 먹이사슬 이야기가 생각난다. 영세 상인의 돈은 자릿세와 보호비 명목으로 폭력배가 먹고, 유치장이나 감옥에 가기 싫은 폭력배의 돈은 형사가 먹고, 폭로가 두려운 형사의 돈은 기자가 먹고, 천당에 가고 싶은 기자의 돈은 목사가 먹는다. 필자도 기자 친구 덕분에 형사가 내는 술을 얻어 먹은 적이 있다. 당시 형사가 사는 술을 얻어 먹었다는 것은 자랑할 만했다. 지금은 배부르고 살기 좋은데 늙었다. 인생은 60부터니 100세 시대니 해도 다 부질 없고 재미가 없다.

꿈 2

누가 나를 부른다
꿈이다
꿈이 꿈을 부른다
꿈을 향해 나른다
꿈 넘어 해와 달이 희미하게 보인다
꿈을 찾지만 꿈은 없다.

인연

도봉산 어느 계곡
물가에 앉아
먹을 것을 펼치니
고양이 두 마리가 같이 먹자고
주위를 맴돈다
억겁의 세월 속에 억겁의 장소 중에
억겁의 생명 중에
찰나의 만남은
우연일까?
필연일까?
창조주여, 조물주여, 땅 신이여
알려주오.

귀향

아침이슬 한 방울로 내 역할이
끝났으므로
나 이제 가야 한다.

산허리 돌고 돌아 오르고 내리는데
나를 보낸 창조주가 손짓하므로
나 이제 가야 한다.

하늘 꽃 나비 보고
새소리 바람 소리
들었으므로
나 이제 가야 한다.

주신대로 성욕과 식욕에 충실했고
명예도 욕심을 부렸다고 보고하러
나 이제 가야 한다.

다음은 무엇이고 얼마나 기다려야
하는지 궁금해서
나 이제 가야 한다.

창조주

나, 초능력의 창조주가 되리라.

순식간에 산을 바다로
바다를 산으로 바꾸고
구름 비바람도 조절하리라

시간을 되돌려 애타고 뼈저리게
후회가 있는 생명은 과거로 되돌아가
살게 해 주리라

하늘 신 물 신 땅 신을 임명하고
역할도 주리라

한 종만을 위해 지혜를 뽐낸
예수와 석가를 꾸짖어 주리라

영생은 영원히 지루하다는 것을
일깨워 주리라

태어남은 축복 죽음도 평범한
일상이 되도록 하리라

바람 따라 흐르며 생명들을
돌보고 바라보리라.

제5부

서기

20000년

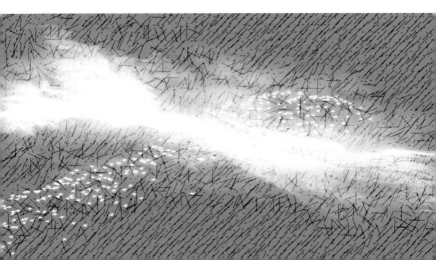

제5부. 서기 20000년

지금 덕조신이 비행접시를 타고 우주를 날고 있다.

덕조신의 IQ는 1억, 서기 2000년대 인간의 모습을 하고 있다. IQ가 1억이면 IQ 100대 초반은 상상도 못하는 능력을 갖고 있다. 예를 들어 우주나 지구 어느 공간을 지적하면 세월이 아무리 흘렀어도 그때의 생명과 환경을 재현해 낼 수 있다. 우주신 추천위원회에서는 작은 것은 바이러스로부터 큰 것은 공룡에 이르기까지 그 동안 우주에 살았던 모든 생명들을 추천 대상에 놓고 우주신 선발을 심의했다. 최종적으로 지렁이와 덕조신이 결승에서 만났는데 지렁이는 IQ가 낮았음에도 불구하고 몸이 끊어지게 되었을 때 각각 분리해서 사는 방법을 터득해 높은 평가를 받았고, 덕조신이 IQ 100대 초반으로 미래 예측이 날카롭고 상상력이 뛰어나며, 모든 면에 합리적이라 해서 높은 평가를 받았다.

이에 우주신 추천위원회에서는 여러 차례 회의를 거듭하며 평가에 갑론을박을 벌였으나 지렁이 신과 덕조신에 대한 우위를 정하기 어렵게 되자 결국 둘 다 다음 차례 우주신으로 선정되었다.

신이 된 자는 외형적으로 어떤 형태를 보일 것인지 선택할 권한이 있다.

지렁이 신이 뱀의 형태를 취하되 혀를 날름거리지 않고 덕조신은 서기 2000년 호모 사피엔스 구덕조의 형태를 택했다. 물론 인물의 기본 틀은 유지한 채 최고의 미남이 되도록 했고, 성기도 적당한 크기로 키웠다.

덕조신은 지금 퇴근 중이다. 집에는 인류 역사상 가장 아름답고 섹시했던 여자보다 100배 이상 예쁜 선녀가 기다리고 있다. 이 선녀는 마음씨가 곱고 착한 여자로서 오직 덕조신 만을 위해 산다. 덕조신은 비행선의 속도를 시속 1억Km에서 10억km로 올린다. 몇 초라도 더 일찍 선녀를 만나기 위해서다.

[어서 오세요. 나의 낭군]

[보고 싶어서 서둘러 왔지]

[고마워요] 그리고 그들은 키스했다.

선녀와 키스를 하면 좋은 향기가 나고 힘이 솟는다. 선녀는 주식主食이 구름이기 때문이다. 선녀의 몸을 어루만지는 덕조신은 너무 행복하고 몸이 더워진다. 선녀의 몸은 탄력이 있으면서도 부드럽다.

덕조신의 애무가 계속될수록 선녀는 숨이 가빠지고 교성은 높아진다.

세 시간 후 덕조신과 선녀는 우주에 꼭 필요한 역할을 훌륭히 해냈다 선녀의 교성은 우주에서 꼭 필요한 소리의 기본이 되고 덕조신의 방사는 모든 우주 물질의 형성에 꼭 필요한 소재, 재료가 된다. 그러니 덕조신과 선녀의 방사, 교성 없이는 우주가 원활하게 돌아갈 수가 없다.

우주신은 일하는 날과 쉬는 날을 정해 놓았다. 10일 일하고 3일은 쉰다.

그리고 5년마다 3개월의 휴가를 준다. 덕조신과 선녀는 휴가를 즐길 마음에 들떠 있다. 휴가에 앞서 덕조신과 선녀는 기원전 2,000년을 재현한 호모 사피엔스의 박물관을 찾았다. 같은 종으로 휴가 전에 박물관을 찾는 것은 예의이고 관례이기 때문이다. 이 박물관은 백만 제곱 킬로미터의 땅으로 기원전 2,000년 호모 사피엔스를 비롯하여 모든 생명과 환경을 재현하여 놓은 곳이다.

머리가 뛰어나고 탐욕이 있어 원시를 벗어나려는 개체는 제거해서 원시를 유지토록 했다. 개체 수가 많이 늘어나면 인공 지진과 인공 홍수로 개체 수를 조절했다.

호모 사피엔스는 IQ가 있어 모든 종을 지배한다. 같은 종끼리도 센 놈이 되려고 목숨을 걸고 싸우며 최선을 다한다. 증오와 복수심이 강하며 암컷을 향한 집착이 크다.

덕조신과 선녀는 이번에도 센 놈들의 싸움을 목격한다. 두목이 절대 세지 못한지 부두목 둘이 합심해서 두목을 제거했다. 임신한 두목의 암컷은 눈물을 흘리는데 증오와 복수심이 가득한 부두목 들이 암컷을 위협하여 등 뒤로 교미했다. 원시인들의 증오와 복수심은 생명력의 기본이다. 부두목 둘은 또 싸워서 이긴 놈이 두목이 될 것이다. 평화를 유지 하려면 절대적인 두목이 있어야 하는데, 절대 센 놈의 상황은 오래 유지되기도 하고 짧기도 하고 변화무쌍해서 설명이 안 된다. 덕조신과 선녀는 박물관을 방문 후 휴가를 즐긴다.

덕조신과 선녀는 날으는 양탄자에 올라탔다. 덕조신이 선녀에게 말했다.

[당신이 조정해]

[알았어요] 선녀가 대답했다.

이 비행 양탄자는 생각하는 대로 움직여 준다.

억만 색의 빛과 구름 꽃이 만발하고 흐름이 변했다가 고정 되기도 하고 다시 변화무쌍한 형태를 보이는 우주 장관을 연출하고 있는 공간을 덕조신과 선녀는 날고 있다.

덕조신과 선녀는 서로 손을 묶고 사다리 타기 놀이대에 몸을 던졌다. 빠른 속도로 추락하다가 구름에 걸려 조금 늦추어졌다가 다시 빠른 속도로 추락한다. 너무 빠를 때는 고무 용수철에 걸려 퉁겨 오르기를 몇 번 반복하다가 더 퉁겨 오를 힘이 없으면 추락한다. 추락은 공간이 있음을 뜻하고 공간에서는 나를 수 있고 곡예도 가능하다. 덕조신과 선녀는 온갖 형태의 비상을 즐긴다.

이번에는 계곡에서 물과 함께 천천히 흐른다. 주위에는 기암괴석과 억만 색의 꽃과 나무들이 장관을 이룬다.

흐르다 보니 아담하고 경치 좋은 폭포에 도달한 덕조신과 선녀는 흐르기를 중단하고 물속의 생명을 위해 교성과 방사를 행한다. 사랑을 나눈 후 덕조신과 선녀는 억만 색이 변화하고 끝이 안 보이는 변화무쌍한 오로라를 탄다. 바다의 파도를 타듯이 오로라의 흐름을 따라 때로는 빠르게 때로는 적당히 느릴 때는 느리게 적당한 각도를 유지하며 스릴과 긴장을 느끼며 탄다. 몸의 균형을 유지하기 위한 멋 있는 동작은 선녀와의 호흡이다. 오로리의 횡홀함과 장관은 우주가 빚어내는 최고의 예술품이다. 우주신도 적당히 표현할 말을 찾지 못한다. 덕조신과 선녀는 가끔 나는 양탄자에서 뛰어내려 오로라 속에 파묻힌다.

양탄자는 덕조신과 선녀의 추락 속도보다 천 배 빠르게 움직여 덕조신과 선녀를 다시 태우고 오로라 속으로 돌아온다. 오로라의 규모, 색, 형태, 흐름 변화가 최고의 아름다움과 조화를 이루며 덕조신과 선녀의 마음을 사로잡는다.

우주 신들의 모임에서는 우주의 모든 일을 상의하고 결정한다. 우주신은 6신으로 되어 있다. 염소위원장과 호모 사피엔스 출신 덕조신, 지렁이 출신 뱀 신, 바이러스 출신 토끼신, 맹꽁이 출신 호랑이 신, 사슴 출신의 여우 신, 원래 우주 신들의 모임은 위원장 포함 5신이었으나 덕조신과 뱀 신이 동시에 신이 되어 6신으로 늘어났다. 신의 임기는 십만 년, 10만 년 후에 덕조신과 뱀 신이 물러나고 신을 하나만 뽑으면 다시 위원장 포함 5신이 될 것이다.

의사 결정은 모든 신이 찬성하거나 5:1이면 가결되고 두 신 이상이 반대하면 무조건 부결된다. 지금은 뱀이 지구 행성에서 가장 센 놈이다. 진화를 거듭한 뱀은 IQ 평균 3000에 손과 발이 많아 잽싸게 움직일 수 있고 좁은 공간에서도 할 수 있는 일도 많고 활용도 가능하다. IQ 3000이면 서기 2000년의 석가, 예수, 공자보다 훨씬 더 훌륭하다. 석가, 예수, 공자의 가르침 보다 훨씬 더 깊고 심오한 깨달음으로 무장돼 있다. 영원히 산다는 것은 영원히 깨닫지 못했을 때

하는 말이다. 영원하다는 것은 지루하다는 것을 뜻하고 이미 영원히 살고 싶다는 욕심이 있기 때문이다. 욕심은 우주의 법칙에 크게 위반하는 것이다. 죽고 다시 태어나서 윤회하는 것이 생명의 길이고 영원히 사는 것이다. 뱀을 IQ 백대 초반의 눈으로 보면 징그럽고 무섭고 혐오스럽지만 IQ 삼천의 눈으로 보면 아름답고 섹시하고 우주에 적응하기 위해 진화된 완벽한 형태의 생명체이다. 날름거리는 혀는 매력의 포인트다.

뱀의 먹이인 쥐도 먹이 복지가 아주 잘 되어 있다. 즐겁게 먹고 놀고 번식하다가, 죽는구나 하는 것도 느끼지 못하고 죽어 고통 없이 다음 생으로 떠나간다. IQ 높은 뱀의 공동체는 신의 영역과 비슷하다. 자치 위원회를 만들어 돌아가면서 위원장과 위원을 맡아 운영하므로 권력 암투가 없다. 자치 위원회의 결정은 모두가 다 공감하고 잘 따른다. 자치 위원회에서는 분쟁 개체 수 조절, 우주 오염, 교통, 오락 먹이의 복지 어린 뱀 돌봄 서비스 등 많은 산적한 현황에 대해 회의를 거쳐 결정하고 시행한다. 오늘 회의는 짝짓기 문제다. 뱀은 짝짓기를 무척 좋아하는데 요즈음 들어 뱀들이 오락에 심취해 짝짓기 횟수가 줄어 걱정이라는 문제가 제기되었다.

짝짓기 본능이 강한 종족이 생존 본능도 강해 우주에 살아남는다는 것은 모두가 알고 있다. 그래서 뱀 자치위원회에서 문제를 제기한 것이다. 이에 대한 해결 방법을 놓고 여러 각도로 많은 논의가 있었으나 결론은 사태를 조금 더 지켜보다가 짝짓기 횟수가 더 줄어들면 재미있는 오락장 수십 군데를 폐쇄하기로 하였다. 뱀은 죽음도 슬퍼하거나 벗어나려고 발버둥치지 않고 엄숙하게 받아들인다. 죽을 때를 스스로 3년이라는 기한 내에 결정한다. 영원한 생명이 있어서는 안 된다는 것을 잘 알기 때문이다. 평균 IQ 3000의 무리는 전쟁은 물론 권력욕 소유욕 명예욕이 없다. 학문을 좋아하고 성욕을 즐기고 오락에도 빠져든다.

후손도 누구의 혈통도 따지지 않고 공동으로 돌보고 키운다. 모두의 자식이기 때문이다. 개체 모두가 큰 깨달음이 있고 서로의 믿음이 있어 하나의 정신으로 뭉쳐있다. IQ 100대 초반인 인간끼리는 탐욕으로 인한 살생이 끊이지 않았다. 개인적으로 또는 집단적으로 같은 종을 죽이는 것이다. 대량 살생은 몇몇 우두머리들과 그 집단이 자기들의 이익을 위해 때에 맞춰서 설득과 충동질을 그럴듯하게 해서 싸움을 붙이는 것이다. 깨달음은 없고 탐욕은 있고 IQ가 낮은 인간은 우두머리에 속아서 대중 심리에 묻혀 욕심이 생겨 집단이나 나라의 운명을 바꾼다. 이때의 살생은 죄의식을 느끼지 않는다. 오히려 적을 많이 죽인 호모 사피엔스는 영웅이 된다. 어처구니없는 일이다. 내가 전한 적을 없에므로씨 운명이 바뀌실 기대 할 상황은 아니다.

기대했던 상황이 되지 않는 것이 이치에 맞다. 좀 더 우월하고 힘 있는 자에게 휘둘려 이용당한 것이다. IQ 가 낮은 인간은 어쩔 수 없다. 모르고 당하고 알면서 당하고 흐르면서 당하고 각을 달리하면서 반복되어도 그대로 흘러간다. 이번은 아니다. 나는 절대 아니다 라는 생각이 거듭 반복된다. IQ 100대 초반의 한계다. 덕조신도 그때 인간으로 살아 경험했고 아주 짧은 88년을 살았다.

 덕조신과 선녀의 휴가가 끝날 때쯤이면 우주신 만을 위해 만들어진 우주신 보호 사단이 주최하는 거창한 행사가 있다. 구름이 포근하게 감싸고 있는 하늘공원에서 덕조신이 살았던 서기 2,000년대 식으로 큰 잔치 상이 차려지고 수억 명의 궁녀와 시중이 분주히 움직인다. 춤 음악회 연극 마술 영화 코미디 등 그 시대 최상의 것들이 며칠을 거쳐 재현된다. 하늘공원에 있는 모든 생명에게 기쁨 감동 즐거움 환희를 선물한다.

덕조신도 이때는 취하도록 술을 마신다. 궁녀와 시중 나비 등도 해야 할 일만 끝내고 이 잔치에 동참하여 즐긴다. 마지막 대미는 셈할 수조차 없는 많은 나비가 셈 할 수 없는 여러 가지 색깔로 온갖 것을 그려낸다. 집, 꽃, 우주, 나무, 무지개 등을 그려내며 셈할 수 없는 변신으로 보는 생명 체들의 눈을 황홀하게 한다. 모든 생명체의 마음에 나비 퍼레이드를 보는 것만으로도 행운이고 축복이라는 것을 저절로 느낀다. 행사나 생명 등 모든 것은 끝이 있어야 한다. 영원히 계속한다는 것은 우주의 법칙에 크게 벗어난다. 나비들의 마지막 퍼레이드는 덕조신의 이름을 공중에 쓰는 것이다. 당시 인간들이 쓰던 모든 언어로 억만 색의 색깔로 표현한다. 간혹 한 가지 색으로도 표시한다. 행복하십시오 라는 문자를 끝으로 잔치는 끝났다.

잔치의 끝은 허전하다. 덕조신도 마찬가지이다. 덕조신은 알고 다른 생명은 모른다. 언젠가는 덕조신도 나비 궁녀 시중으로 윤회할 것이다. 어찌 생각하면 모르는 것이 더 좋을 수 있다. 잔치 후 덕조신은 선녀와 구름을 타고 호젓한 시간을 보낸다. 서로의 눈빛이 사랑 신뢰 존경 믿음으로 가득 찼다. 덕조신의 휴가는 여유롭고 산뜻했다.

휴가를 끝낸 덕조신은 17,000년 전에 멸종된 호모 사피엔스를 복원 생존시키고자 필요한 자료를 확인하기 위해 서재로 향했다. 서재를 밝히기 위해 조그만 공기 뚜껑을 들어 올리자 태양에서 떼어 온 콩알 만한 태양이 빛을 발한다. 이 빛은 영원히다. 태양이 나는 모습을 백억 분의 일의 느린 속도로 보면 태양이 나갔다가 들어오는 모습을 볼 수 있다. 이것이 태양이 항상 불타고 빛나는 이유이다. 에너지는 공간이고 공간은 다시 태양이 만든다. 호모 사피엔스를 복원 생존시키기 위해 덕조신이 첫 번째로 생각해야 하는 것이 종이 가져야 할 IQ의 수준이다.

IQ 100 초반은 탐욕이 깨달음을 덮어 버린다. 또한 탐욕이라는 괴물은 IQ의 한계를 벗어나 엄청난 능력을 발휘해 지구라는 행성을 파괴할 정도의 가공할 무기도 만들어 냈다. 탐욕끼리 부딪히면 멸종이라는 것을 서로 알면서도 멈추지 못한다. 결국 호모 사피엔스는 멸종했다. 이것이 호모 사피엔스의 역사다. 탐욕이 없는 우주의 순리대로 사는 종의 IQ는 어느 선이 적당할까? 덕조신의 고민이다. 덕조신은 500, 1,000, 1,500을 놓고 저울질하고 있는데 염소위원장의 의견을 들을 예정이다. 현재 센 놈 뱀의 평균 IQ 삼천은 너무 높은 것 같다. 우주에서 영원한 것은 없으므로 때가 되면 멸종되어야 하는데 신의 영역까지 참견하고 도전하려 한다. 신도 가혹한 응징을 할 것이다. 호모 사피엔스는 IQ가 너무 낮았고 뱀은 너무 높다. 우주의 일은 너무 복잡하고 미묘해서 신도 시행착오 후 바로 잡는다.

두 번째로 덕조신이 생각해야 하는 것은 인종이다. 서기 2,000년대에는 피부가 검은색, 노란색, 하얀색의 세 종류로 크게 분류했었다. 그러나 이는 신의 실수였다. 색깔 별로 저절로 편이 갈라지고 어느 색깔은 자신들이 우월하다는 마음이 있어 다른 편을 반목, 견제함으로서 인종 갈등이 생겨 인종 간 패싸움으로 죽도록 싸우는 혼란이 계속되었던 것이다. 다른 색 인종과 짝짓기를 해서 종의 구분이 애매해지기도 하고 이렇게 세대가 내려갈수록 더욱 복잡해져 무엇이 어떻게 된 것인지 혼란 만이 남는다.

이번에 덕조신이 복원하는 호모 사피엔스는 다른 종에 비해 평화롭고 서로 죽이는 일이 생기지 않도록 할 계획이다. 그래서 세 인종의 색을 합쳐 구리 빛 단일 종으로 태어날 것이다. 덕조신도 임기가 끝나면 제일 먼저 여인의 자궁을 빌어 구리 빛 종으로 태어날 것이다.

세 번째로 덕조신이 고심하는 것은 지도자 문제이다. 어느 집단이나 지도자는 꼭 있어야 한다. 지도자가 없으면 그 집단은 유지 될 수가 없고 짐승의 무리가 된다. 덕조신이 고심 끝에 생각한 것은 추첨제다. 자격 있는 나이를 정하고 모두 모여 대통령, 장관 등 중요 요직의 사람을 뽑는 것이다. 임기는 1년에 연임은 인 된다. 일 년에 한번 있는 요직 담당자 추첨일은 전 국민의 축제의 장이 된다.

누구라도 대통령이나 장관 등 요직을 하고 싶다고 해서 하는 것이 아니며 하기 싫다고 안 해도 되는 것이 아니다. 추첨되면 꼭 해야 한다. 이를 어기면 그 종은 멸종이 있을 뿐이다. 덕조신이 이런 방침을 이처럼 강하게 정한 것은, 권력은 아주 공평해야 하고, 추첨 된 사람에 대하여 누구도 이의를 달 수 없도록 하기 위해서이다. 이를 잘 지키고 실행하는 데는 얼마의 IQ가 적당한지 IQ 2억의 염소위원장 에게 문의할 것이다.

덕조신이 네 번째로 중요하게 생각하는 것은 생물의 기본 욕구인 식욕과 성욕이다. 이번에 복구하는 호모 사피엔스 의 식욕은 그들이 다른 생명을 죽여 그 살을 먹는 것을 없애려 한다. 그 대신 단백질이 풍부하고 고기보다 훨씬 맛있는 과일나무 수천 종을 공급할 것이다. 어디에서 어떻게 살든 먹을 것은 풍부하게 제공될 것이다. 또한 과식이나 과욕은 부리지 않는 종으로 만들 것이다.

덕조신이 술을 좋아했던 관계로 향기 좋고 맛있는 술도 수만 종 만들 능력을 그들에게 주고, 적당히 취하면 더 마실 수 없도록 신체에 강한 거부 반응이 나타나도록 만들 것이다.

성욕에 대하여는 덕조신도 고민이 깊어진다. 세심하게 고려되어야 할 부분이다. 성욕은 모든 생명체에게 대단히 중요한 것이다. 생존과 종족 보전에 중요한 요소이기 때문이다. 덕조신이 살았던 서기 2,000년대를 상기하면 아무리 강한 처벌을 해도 성범죄는 그치지 않고 계속되었다.

사회적 지위가 높아도, 인격이 훌륭해도 성욕을 참지 못해 성범죄를 저지르는 경우가 많았다. 늙어서 힘이 없으면 추행이라도 했다. 이처럼 생명의 기본 욕구 중 가장 참기 어려운 것이 성욕이다. 그래서 복원되는 호모 사피엔스 종의 사회에서는 성범죄를 없애기 위해 덕조신은 성남 로봇과 성녀 로봇을 만들기로 결정했다.

성 로봇은 IQ 2,000으로 오직 호모 사피엔스와의 섹스와 대화를 위해 만들어진 기계이다. 호모 사피엔스가 모여드는 선남선녀 클럽에 가서 어울려도 이것이 기계임을 아무도 눈치 채지 못하도록 정교하게 제작될 것이다. 자연스런 대화가 될 수 있도록 많은 지식, 상식을 주입시키고 상대의 기분을 바로 파악하는 비상한 능력을 보유하도록 할 것이다. 성남 로봇의 경우 성기의 크기도 상대의 조건에 따라 조절이 가능하도록 하고, 상대 여자에게 모든 서비스를 제공하여 최고의 만족감을 느끼노록 했다. 이는 성녀 로봇도 마찬가지이다. 그리고 이를 확인하기 위해 덕조신은 먼저 성녀 로봇과 섹스 했다. 이는 신의 업무이고 상대는 기계이므로 아내 선녀도 충분히 이해해 주었고 추진하는 일이 잘 성사 되도록 응원해 주었다.

성녀 로봇은 덕조신의 기분에 따라 수줍은 여자, 대담한 여자, 요염한 여자, 능수능란한 여자가 되었고, 변태 행위도 수용했다. 삽입 때의 질감도 좋았고, 교성, 분비물, 살짝 스치는 땀, 손만 닿아도 신음 소리를 내는 호모 사피엔스였다. 상대방의 취향에 따라 상상하는 대로 만족시켜주는 능력이 있다. 대화를 해도 우주 역사, 광범위한 우주의 세상사, 미술, 음악, 연극 등 다방면에 조예가 깊어 막힘이 없었다. IQ 일억의 덕조신도 사전에 성녀 로봇임을 알았기에 인지했지 우연히 만났다면 호모 사피엔스로 속았을 정도로 완벽했다. 섹스 후 성녀 로봇은 자궁을 청소 하고 일부 부품을 바꾼다. 이로서 이 성녀는 다시 완벽한 처녀가 되는 것이다. 덕조신은 이들을 통한 출산도 생각해 본다. 필요하다면 출산도 가능하게도 할 수 있어 이 문제는 염소위원장과 신들의 의견을 들어 결정하기로 한다.

이렇게 함으로서 다시 복원되는 호모 사피엔스 사회에서는 성범죄가 없어질 것이다.

[무 지 개]

억만 색의 무지개가 흐르는 우주에
그 빛이 너무 곱고 신비로워서
신들도 넋을 잃고 바라보다가
가야 할 길을 잃고 헤매는구나
간신히 마음을 다잡은 신이
미련을 못 버리고 제 갈 길을 간다.

덕조신이 다섯 번째로 깊이 생각하는 것이 쓰레기와 우주의 오염이다. 서기 2,000년, 게으르고 탐욕스러운 호모 사피엔스는 생활의 편리함을 위해 썩지 않는 물건을 대량 생산해 함부로 버리는 바람에 땅과 바다를 온통 이들 쓰레기장으로 만들어 버렸다. 그 결과 죄 없는 다른 생명체들에게 해악을 끼쳤다. 그리고 지구를 유지하는데 중요한 생명체인 나무를 마구 자르고, 땅속 깊은 곳까지 파이프를 박아 지구의 피와 살 같은 석유와 물, 석탄 같은 것을 뽑아내었다. 그리고 숨을 쉬어야 하는 지구의 피부 지표면을 시멘트와 아스팔트로 덮어 숨을 쉬지 못하게 하였다. 다른 동물들은 절대 이런 짓을 할 수가 없었고 오히려 호모 사피엔스의 이런 행위로 그들이 접해야 할 자연은 줄어들고 인공의 포장 시설로 삶의 터전을 잃어갔다. IQ가 낮고 깨달음이 없는 인간 만이 벌일 수 있는 일이었다.

그래서 더 이상 묵과할 수 없다고 생각한 염소위원장은 신들을 소집해 회의 끝에 호모 사피엔스의 멸종을 결정했다. 그 방법은 반복되는 가뭄과 하늘의 물벼락, 그리고 지진과 고열로 다스렸다. 호모 사피엔스가 완전히 멸종된 것은 서기 3,000년이었다. 어느 한 종의 잘못으로 인한 더 이상의 멸종을 막기 위해 덕조신이 생각해 낸 것은 만능 쓰레기 처리장이다. 쓰레기를 버리면 그것이 기체가 되어 서서히 본래의 자리로 돌아가게 하는 것이다. 만능 쓰레기 처리장에서 처리되지 않는 생산품은 생산 지체를 못하도록 할 것이다.

인구 밀도도 우주의 흐름에 방해되지 않을 만큼 생명의 적당한 개체 수가 유지되도록 할 것이다. 호모 사피엔스의 인구는 3명의 자녀를 허용하다가 인구가 많아지면 2명으로 그리고 다시 인구가 적어지면 3명의 자녀를 허용하다가 인구가 많아지면 2명으로 조절해서 적정 인구를 유지토록 한다.

수명 300살은 너무 길고 100살은 너무 짧다고 생각되니 이에 대하여는 염소위원장과 신들의 의견을 물을 것이다. 그리고 호모 사피엔스의 삶의 질을 높여줄 예능 문화 분야는 자율성을 주어 오락 미술 음악 등의 분야에 대하여 창작, 연구 개발로 발전을 도모할 것이다.

덕조신이 염소위원장과 신들을 만나기 위해 비행접시에 올랐다. 이 비행접시는 시속 1조 Km까지 날 수 있다. 호모 사피엔스의 몸을 가진 덕조 신에게 웬만한 곳은 비행접시를 타고 날아가는 시간보다 여행 준비에 시간이 더 걸린다. 이 우주 비행접시는 개체 별로 독특한 자력이 있어 이렇게 빠르게 비행하면서도 다른 비행접시와 절대로 충돌하지 않는다. 그리고 유일하게 우주에서 염소위원장만이 죽거나 윤회하지 않는다.

탐욕이 있는 생명이 영생을 바란다. 모든 생명체는 죽은 후 짧게는 일주일, 길게는 천 년을 휴식하다가 윤회하는 것이 생명의 길이다.

신들의 세계에서는 아무도 영생을 바라지 않아 염소위원장이 희생정신을 발휘해 지원한 것이다. 영원히 살며 지루한 것을 감내하는 것이다. 신들은 영원히 살겠다는 희생정신을 발휘한 염소위원장을 존경한다.

이번 신들의 모임은 호모 사피엔스의 복원과 생존을 논의하기 위해 덕조신이 요구해 이루어졌다. 덕조신이 회의장에 도착하자 염소위원장의 영원한 부인인 영부인이 다과를 내온다. 서기 2,000년 인간의 생활방식을 알기 때문이다. 영부인의 엉덩이가 통통하니 매력적이다. 그녀와는 종이 다른 덕조신도 그녀의 매력에 잠시 빠져본다.

영부인께서는 뱀 신과 호랑이 여우 신을 위해서 식물성 단백질로 만든 고기를, 토끼 신을 위해서는 그가 좋아하는 씀바귀 풀을 내어 놓았다.

IQ 1억이 넘는 신들의 대화는 몇 마디만 주고받아도 우주의 방대한 책과 같은 지식과 상식이 머릿속에 이미 들어있어 상대방의 말뜻을 충분히 알고 이해한다.

덕조신 : [오늘 여러 신을 모신 것은 호모 사피엔스의 복원에 대하여 여러 신의 의견을 듣고자 함입니다. 먼저 IQ에 대한 의견을 듣고자 합니다. 영원한 것이 없는 우주의 법칙에 따라 센 놈인 뱀의 시대가 끝나면 호모 사피엔스로

그 자리를 채우고자 합니다.

뱀 신 : [센 놈의 IQ는 너무 낮아도 너무 높아도 탈입니다. 경험이 그것을 말해 줍니다]

염소 위원장 : [덕조신은 얼마를 생각하시오?]

덕조 신 : [500~2,000을 생각하고 있습니다]

여우 신 : [너무 낮지 않습니까? 5,000~10,000 정도가 좋지 않을까요?]

현재 센 놈 뱀이 3,000밖에 되지 않으니 신의 영역에 참견하려 합니다. 더 높으면 그런 일이 없을 것이라 예상됩니다]

호랑이 신 : [낮은 IQ와 높은 IQ의 단점을 알았으니 이번에는 그 중간인 1,500은 어떨까요?]

토끼신 : [동물의 IQ는 어느 정도로 생각하십니까?]

덕조 신 : [동물은 생존에 필요한 능력만 주어야 합니다. 새나 벌은 집 짓는 능력, 두더지나 개미는 땅을 파는 능력 같은 것입니다. 먹이를 잡는 능력도 줘야 합니다. IQ가 높으면 센 놈과 싸워 멸종됩니다. 그래서 종의 유지를 위해서는 IQ가 높은 센 놈은 단 한 종 뿐이라야 합니다]

염소위원장 : [여러 신의 생각은 어떠시오? 생각하는 대로 IQ를 결정합시다]

놀랍게도 덕조 신을 제외한 5신의 생각은 똑같이 IQ 1,200

이었다. 이것이 과연 신들의 모임이다. 그래서 복원되는 호모 사피엔스의 IQ는 평균 1,200으로 결정되었다.

덕조 신 : [감사합니다. 여러 신의 고견을 받들겠습니다. 다음은 식욕과 성욕에 대하여 여러 신의 고견을 듣겠습니다. 다만 IQ 높은 호모 사피엔스에게는 채식만 하도록 하겠습니다]

사슴 신 : [식욕은 쉽게 해결하면 안 되는 것 아니겠소? 어렵게 구해야 가치가 있고 보람도 있는 것 아닙니까? 생존이 쉬우면 종이 퇴보합니다. 종이 퇴보하면 멸종됩니다]

덕조 신 : [생물이 태어나 살면서 오로지 생존경쟁만 하다가 죽는 것이 불쌍합니다. 모든 생명체에게 생존경쟁 대신 즐거움을 주고 싶습니다. 그래서 오락의 즐거움을 주자는 것입니다. 오락 능력을 주면 퇴화나 멸종이 없습니다]

염소위원장 : [다른 신의 생각은 어떠시오?]

여기서 모든 신들이 동의해 주어서 덕조신의 뜻이 관철되었다.

덕조 신 : [IQ가 낮은 동식물에게 성욕을 충분히 주는 깃은 해결하기 쉬운데 IQ가 높은 호모 사피엔스에게는 쉽지가 않아 성 로봇을 만들었습니다. 일반 동식물과 마찬가지로 호모 사피엔스에게도 식욕과 성욕을 충분히 해결하도록 해

주고 싶습니다.]

여우 신 : [성 로봇에 대하여 자세히 설명해 주십시오]

덕조 신 : [성범죄 없는 호모 사피엔스의 세상을 만들기 위해 성욕을 해결 해주는 성 로봇을 만들었습니다. 제가 실험을 해 보았는데 저도 구분을 못할 정도로 완벽하게 만들었습니다. 출산도 가능하게 할 수 있습니다]

호랑이 신 : [출산이요? 그러면 출산 된 아이는 기계요 생명체요?]

덕조 신 : [저도 지금 그것을 고민하고 있습니다만 저는 생명체로 하고 싶습니다]

토끼 신 : [우수한 생명을 탄생시켜 위기 때 구원의 영웅으로 만들면 좋을 것이요]

뱀 신 : [우주의 한 페이지를 장식할 의미 있는 일이요. 한번 시도해 보는 것이 좋을 것 같습니다.

여우 신 : [다른 생명도 그것이 가능한지 생각해보고 우선 시험적으로 해보는 것도 가능하다고 생각합니다]

호랑이 신 : [생명은 생명으로 이어지는 것이 맞는 것 같습니다. 아무리 우리가 신으로서 뭐든지 할 수 있어도 가려야 할 것이 있다고 생각합니다]

염소위원장 : [기계에 모정을 부여하는 것은 안 됩니다.

너무 잔인하지 않습니까? 생명의 흐름을 바꾸는 것도 도를 넘는 것 같습니다. 생각지도 못한 변종이 생길 수도 있습니다]

이렇게 두 신이 반대로 성녀 로봇의 출산 방안은 부산되었다. 염소위원장의 반대는 그 의미가 깊다.

덕조 신 : [생명체가 가질 욕구 부족이 없도록 동의해 주셔서 감사합니다.

다음은 인간의 수명에 대하여 의견을 듣고 싶습니다]

토끼 신 : [50년이 적당하다고 생각합니다. 유년기를 짧게 해 6년이면 생식이 가능한 성체가 되게 하고 48년에 생식이 불가능한 노년이 되어 윤회를 준비하는 것이 좋을 듯합니다. 아쉽거나 부족함이 없는 생명인데 수명이 너무 길면 지루할 것 같습니다.

호랑이 신 : [IQ를 1,200으로 올렸는데 스스로 생명 연장을 시도하지 않을까요? 본능은 변하지 않습니다]

지렁이 신 : [호모 사피엔스의 유전자를 50년이 못 넘도록 고정 시기는 것이 어떻습니까?]

여우 신 : [우주의 흐름에 순응하고 우주 발전 유지에 공을 세운 호모 사피엔스에게 수면을 연장시켜주면 어떨까요?]

호랑이 신 : [우주 최초로 덕조신의 노력으로 많은 것을 제

공받고 혜택을 누리는 이번 생명들이 부럽습니다.

 이왕이면 수명도 300년 정도로 길게 해주어 행복의 시간을 오래 갖도록 해줍시다]

덕조 신 : [염소위원장님의 의견을 듣고 싶습니다]

염소위원장 : [수명이 길고 짧은 것은 다 장단점이 있습니다. 수명에 대해서는 특별한 의견이 없습니다. 여러 신의 의견을 따르겠습니다]

덕조 신 : [호모 사피엔스는 늙으면 살이 빠져 쭈글쭈글 해져서 보기에 흉하고 눈과 코 입에서 더러운 것이 나옵니다. 행동이 둔해져 보기 답답하고 썩은 내 구린내 송장 내 등 고약한 냄새도 풍깁니다. 깨끗한 것이 있으면 더러운 것도 있고 청년이 있으면 늙은이도 있어야 하는 것이 우주의 흐름이므로 청년기로만 살다가 장년기 없이 늙음이 급격히 진행돼 6개월 안에 사망 윤회토록 하겠습니다.

급격히 늙는 시기는 95년으로 하고 수명은 100년이 넘지 않도록 하겠습니다. 여기에 모인 신께서 동의하여 주시기를 간곡히 부탁 드립니다]

염소위원장 : [수명은 우리 모두 덕조신에게 맡기기로 하였습니다. 아무 이의가 없습니다. 이로서 호모 사피엔스 복원 문제에 관한 회의가 끝난 것으로 하겠습니다]

덕조신이 원하는 대로 모든 것이 해결되었다. 덕조신은 염소위원장과 네 신의 협조에 진심으로 감사했다.

윤회 끝에 맹꽁이로 죽은 뒤 우주신이 된 호랑 신이 이번 회의를 끝으로 퇴임한다. 우주 신으로 있다가 퇴임하면 한번은 원하는 대로 환생할 수 있다. 호랑이 신이 독수리로 태어날 것을 원했다.

덕조신 : [호랑이 신, 독수리로 환생하기를 원하는데 무슨 특별한 이유가 있습니까?]

호랑이신 : [특별한 이유가 있는 것은 아니지만 우주 공간을 훨훨 날아보고 싶다는 생각 하나입니다. 독수리는 잡아먹히는 걱정 없이 날 수 있어 이를 선택했습니다]

여우신 : [덕조신은 왜 다음 생애를 전과 똑같은 호모 사피엔스를 택했습니까? 이해가 안 되고 궁금합니다]

덕조신 : [한이 많아서입니다. 동종인 센 놈한테 억울하고 원통하고 분한 꼴을 많이 당하고 살았습니다. 암컷에게도 늙어서까지 여러 차례 버림을 받았습니다. 본능을 해결하지 못해 괴로웠습니다. 모든 것이 해결되는 환경으로 환생하면 글쓰기에 전념하며 살고 싶습니다. 여우신은 바이러스를 택한 특별한 이유가 있습니까?]

여우신 : [나는 존재감도 없고 보이지도 않게 조용히 윤회하고 싶어서입니다. 나는 그런 것이 좋습니다. 뱀 신이 황제를 원하는 특별한 이유는 무엇입니까?]

뱀신 : [동종 중에서 최고로 센 놈이 되어 한번 호령하며 살고 싶을 뿐입니다. 아직도 내 마음에는 남을 지배하고 싶은 욕심이 좀 있습니다. 하고 싶은 것을 해봐야 여한이 없을 것 같습니다. 토끼신이 코끼리를 택한 이유가 있습니까?]

토끼신 : [전생에 아주 작은 것으로 살았으므로 이번에는 큰 것으로 살고 싶습니다. 코끼리는 모성이 강한 동물로서 나도 새끼를 낳아 사랑하고 아끼며 살아보고 싶어서 코끼리를 택했습니다.]

이렇게 다섯 신이 환생에 대한 이야기를 하다가 염소위원장의 시선을 느끼고 찔끔했다. 죽음과 윤회가 없는 염소위원장이 이를 간절히 원하고 있음을 느낄 수 있었기 때문이다. 우주신 중에 누군가가 염소위원장의 자리를 바꾸어 주지 않으면 염소위원장은 그 자리에 계속 있어야 한다. 윤회와 죽음이 없는 생을 어느 신도 원하지 않으므로 염소위원장이 항상 이 자리를 지키고 있는 것이다.

덕조신 : [호랑이 신 다음에는 누가 옵니까?]

염소위원장 : [다음 신으로는 곰과 세균 출신이 최종 결승까지 올라와 있습니다. 누가 신이 되는지 선택하는 것은 신들의 영역이 아닙니다. 우주신 추천위원회의 몫입니다. 이로서 오늘의 모든 회의를 마칩니다. 호랑이 신, 잘 가세요. 윤회가 있으니 또 만날 것이요]

우주에서 일어나는 모든 일은 윤회가 아니면 설명할 방법이 없다. 센 놈이 항상 세고, 먹는 놈과 먹히는 놈이 항상 같다면 억울하고 분하고 원통한 놈이 또 항상 그렇게 될 것이니 이는 아마도 신을 지배하고 있는 창조주의 본뜻은 아닐 것이다.

상상을 초월하는 창조주가 가지고 있는 능력과 공평함을 의심해서는 안 된다. 그러나 어쩌면 이는 약자가 스스로의 위안을 위해 한 상상일 수 있다.

그리고 누가 내 생각을 조롱할 수 있지만 그래도 좋다. 나는 윤회를 믿는다. 윤회한다는 것은 틀림없고 멈출 수 없는 우주의 진리이다. 衙

서평書評

서평(書評)

日出 정동진(관악문인협회장)

'구덕조의 세상 보기'는 뭔데?

 한참을 작품 속에 빠져서 많은 생각에 골몰해 있었다.
현란한 문체도 아니고 멋진 문장도 아니고 더하고 빼기가
없는 담담하고 아릿한 글 속에 한 참을 빠져 있었다.
아니 결국은 글속에 흘러 들어 갔다고나 할까?
 많은 시간을 글을 접해온 나로서는 그리고 글을 쓰는 나로
서는 "감히"라는 말과 함께 정말 신선한 짜릿함과 상상의
날개를 한참 날려 보았다.

결코 순탄치 않은 이민 생활 중에서 그래도 필자 나름대로
글쟁이가 쓴 글이 아닌 힘든 생활 속의 경험담을 순수하게
엮어낸 필자의 필력에 감히 존경을 표한다.
특히 현 세대를 담담하게 바라보며 필자가 느낀 깊은 감정
을 꾸밈없이 표현한 단단한 구성에 존경을 표한다.
더하여 인간 세상의(호모 사피엔스라고 했나?) 어렵고 풀리
지 않는 문제를 먼 훗날의 상상이라는 테두리 속에서 멋지

게 묘사한 '제5부'는 과연 절정이라고 할 수 있겠다.

신선하게 다가온 필자의 작품 속에서 현실의 안타까움과 정말 버리지 못하는 인간의 속성이 작품을 보는 내내 나의 상상력은 빈 공간을 맴돌았고 과연 우리는 무엇일까 하는 의문과 함께 필자의 상상의 나래 속으로 깊이 빠져 들었다.

필자의 눈에 보인 이민 생활 속의 한인 사회는 필자 자신도 쉽지 않은 이민 생활을 감수했겠지만 과연 우리에게 무엇을 말해 주려고 이렇게 글이라는 매체를 사용했을까? 의구심 속에 꾸밈없는 그리고 담백한 필자의 문장력에 박수를 보낸다.

다만 아직은 서툰 필자의 한글 표현에 조금은 아쉬움을 느낀다.

생존의 절박함이 대처 능력을 키우는데, 과연 생존의 절박함은 어디에서 어떻게 왜 미리 알려 주지 않는 것일까?

필자의 글을 잠시 살펴 보자.

'제1부'에서 필자는 현실과 종교와 삶의 괴리에 깊은 고민을 하고 있다.

피부색에 의한 인종 차별은 의식 속에 항상 있다.

눈에 보이는 것도 있고 보이지 않는 것도 있다.

흑인으로부터 가장 많이 듣는 말은 "너희 나라로 돌아가라" 이다.

어쩌다 백인과 단둘이 있게 되면 쳐다보는 눈이 아주 차갑게 느껴진다.

등골이 써늘해진다. 나만 그런가 하고 주위 한인에게 물어보면 칠팔십 프로가 공감한다.

가끔 차갑게 보는 눈을 못 느끼는 황인종이 있으면 나는 정말 부러웠다.

이런 사람을 무엇이라 불러야 하나 대학 사회학과를 나온 친구와 오랜 토론 끝에 '똥개'라고 부르는 것이 적당하다는 말에 서로 공감했다.

[제1부 전문 중]

왜 필자는 이렇게 표현했을까?

'똥개'라는 언어를 왜 사용했을까?

많은 고민 끝에 내린 결론은 나도 너도 어려웠을 거다.

그런데 왜 하필 우리는 '똥개'여야만 했을까?

그저 필자의 생각에 헛웃음이, 아니 존경이....

그래도 나는 필자의 생각을 존중하고 싶다.

말로서 표현이 어려운 어떤 고충이 필자의 가슴속에 도사리고 있는 건 아닐까?

필자의 '제3부' 내용을 잠시 엿보고 가자.

 짧은 삶을 사는 인간, 극소수를 제외하고 살아있는 동안 이를 깨닫지 못하고 마치 영원히 살 것처럼 탐욕을 부린다.

대부분의 생명은 생존과 종족 보전을 위해 최선을 다한다.

인간은 말을 하고 글로써 기록을 남길 수 있으므로 다른 생명과는 확연히 다르다고 할 수 있다. 특히 자비와 사랑을 최고의 덕목으로 내세우고 있는 종교는 인간 최후의 양심이어야 한다.

 불경이나 성경은 위대하고 훌륭해 모든 인간이 읽고 깨우쳐 실행에 전진해야 하는 필독서이다.

불경이나 성경을 공부하고 수행하는 종교인은 중생을 지도 구제하고 신도들의 정신적 지주가 되어야 한다. 오직 그 길만이 부처와 예수를 살리는 길이다.

조계종에 간곡히 부탁드립니다.

많이 가진 자가 탐욕이 더 많습니다.
아무 것도 없으면 탐욕도 없습니다.

[본문 중]

이 말은 무엇을 얘기하는 걸까요?
탐욕이라는 자체가 욕심이 아닐까요?
필자가 득도한 건 아닐지?
저는 필자의 득도를 빌어 드릴게요.
과연 무엇이 인간의 완성일지?
힘들지만 우리 '제4부'를 잠시 보고 갈까요?

꿈 1

저기다 쫓아간다
가보니 환상이다
또 저기다 하고 쫓아간다
똑 같이 환상이다
그래도 쫓아간다
대를 이어 쫓아간다.
[본문 내용 중]

필자는 왜 이런 시를 썼을까요?

답은 '제4부' 본문 내용에 있는 것 같네요.

 물의 흐름은 보다 깊은 곳을 메우고 낮은 곳으로 흐른다.
물이 흘러 가장 낮은 곳에 이르면 바다가 된다. 그리고 더
이상 흐를 수 없게 되면 이는 기체가 되어 다시 높은 하늘로
오른다. 그리고 이는 비가 되어 다시 땅으로 보내진다. 이
와 같은 물의 흐름은 진리이고 사실이다. 모든 것은 높은 곳
으로부터 낮은 곳으로 흐르니 이것은 곧 순환의 원리이다.
[본문 내용 중]

이 말이 진리 아닐까요?
이제 마지막 '제5부'의 글 잠시 보고 갈게요.
잠시 세상의 찌듦을 내려 놓고 상상의 날개를 조금은 무리
하게 펼치면서 우리가 가야 할 길을 필자는 덕조신이라는
존재를 내세워 무언가를 우리에게 현실의 인간들에게 말하
고 싶은 게 있을 겁니다.
필자가 창조주가 되어 인간을 이렇게 살기 좋은 환상의 세
계를 만들고 싶은 욕망을 표현한 것은 아닐까요?

모두가 평등하고 호모 사피엔스가 제대로 살 수 있고 평등
이라는 존재 하에 먹고 마시고 즐기고 성(sex)도 챙길 수 있
는 그리고 환경에 문제가 없는 정말 살기 좋은 세상을 만들
어 보고 싶은 필자의 생각에 심히 깊은 공감을 보낸다.

 우주에서 일어나는 모든 일은 윤회가 아니면 설명할 방법
이 없다. 센 놈이 항상 세고, 먹는 놈과 먹히는 놈이 항상 같
다면 억울하고 분하고 원통한 놈이 또 항상 그렇게 될 것이
니 이는 아마도 신을 지배하고 있는 창조주의 본뜻은 아닐
것이다. 상상을 초월하는 창조주가 가지고 있는 능력과 공
평함을 의심해서는 안 된다. 그러나 어쩌면 이는 약자가 스
스로의 위안을 위해 한 상상일 수 있다. 그리고 누가 내 생
각을 조롱할 수 있지만 그래도 좋다. 나는 윤회를 믿는다.
윤회한다는 것은 틀림없고 멈출 수 없는 우주의 진리이다.
[본문 내용 중]

이 말로 이 책의 종결이 아닌가 생각한다.
갑갑함의 현실에서 잠시 벗어나서

일출 정동진이

구덕조의 세상 보기

2022년 3월 9일 발행

저   자 구 덕 조
이 메 일 jungdongjinrok@hanmail.net

편   집 정 동 희
발   행 도서출판 한행문학 衎
등   록 관악바 00017(2010.5.25)
주   소 서울시 중구 을지로 18길 12
전   화 02-730-7673 / 010-6309-2050
팩   스 02-730-7675

정   가 **12,000원**
I S B N   978-89-97952-45-8-03810

공급처 ┃ 가나북스 www.gnbooks.co.kr
전 화 ┃ 031-959-8833(代)
전 화 ┃ 031-959-8834